Dorothy L. Sayers

Eine trinkfeste Frage des guten Geschmacks

Lord-Peter-Geschichten

Deutsch von
Otto Bayer

Rowohlt

Veröffentlicht im
Rowohlt Taschenbuch Verlag GmbH,
Reinbek bei Hamburg, Juli 1996
Die Geschichten der vorliegenden
Ausgabe wurden dem Band
«Der Mann mit den Kupferfingern»
entnommen. Lizenzausgabe mit Genehmigung
des Scherz Verlages Bern und München
Gesamtdeutsche Rechte beim Scherz Verlag
Bern und München
Copyright © der neuen Übersetzung 1982
by Rowohlt Verlag GmbH,
Reinbek bei Hamburg
Titel der Originalausgabe
«Lord Peter Views the Body»,
erschienen 1928 im Verlag
Victor Gollancz Ltd., London
Copyright © 1928 by Anthony Fleming
Umschlaggestaltung
Beate Becker/Gabriele Tischler
(Foto aus der Fernsehverfilmung der BBC
mit Ian Carmichael als Lord Peter Wimsey/
BBC Copyright Photographs)
Satz Sabon (Linotronic 500)
Gesamtherstellung Clausen & Bosse, Leck
Printed in Germany
200-ISBN 3 499 22091 1

Inhalt

Eine trinkfeste Frage
des guten Geschmacks
7

Die ergötzliche Episode
von dem fraglichen Artikel
39

Der phantastische Greuel
mit der Katze im Sack
65

Die gewissenlose Affäre
mit dem nützlichen Joker
97

Eine trinkfeste Frage
des guten Geschmacks

Halte-là!... Attention!... F---e!»

Der junge Mann im grauen Anzug schlug sich durch den Pulk der protestierenden Gepäckträger und schwang sich behende aufs Trittbrett des Bremserhäuschens, als der Expreß Paris-Evreux dampfend die Gare des Invalides verließ. Der Zugführer, auf ein Trinkgeld spekulierend, zog ihn geschickt aus dem Gewühl empor.

«Ein Glück, daß Monsieur so flink sind», bemerkte er. «Sind Monsieur in Eile?»

«Ziemlich. Danke. Komm ich durch diesen Gang nach vorn?»

«Selbstverständlich. Die *premières* befinden sich zwei Wagen weiter, vor dem Gepäckwagen.»

Der junge Mann entlohnte seinen Retter, wischte sich den Schweiß von der Stirn und begab sich nach vorn. Als er an dem aufgetürmten Gepäck vorbeikam, stach ihm etwas ins Auge, und er blieb kurz stehen, um es sich genauer anzusehen. Es war ein fast neuer

Koffer aus teuer aussehendem Leder mit der auffällig angebrachten Inschrift:

> LORD PETER WIMSEY
> Hôtel Saumon d'Or
> Verneuil-sur-Eure.

Seine Reiseroute war mit den folgenden Angaben dokumentiert:

> LONDON – PARIS
> (Waterloo) Gare St. Lazare)
> via Southampton-Havre
>
> PARIS – VERNEUIL
> (Chemin de Fer de l'Ouest)

Der junge Mann stieß einen leisen Pfiff aus und setzte sich auf eine Reisekiste, um die Sache zu durchdenken.

Irgendwo war eine undichte Stelle gewesen, und sie waren ihm auf den Fersen. Es machte ihnen auch nichts aus, wer das alles wußte. Es gab Hunderte von Leuten in London und Paris, die den Namen Wimsey kannten, die Polizei beider Länder gar nicht mitgerechnet. Außer daß er einem der ältesten Herzogshäuser Englands entstammte, hatte Lord Peter sich auch noch einen Namen als Detektiv gemacht. Ein Gepäckschildchen wie dieses war kostenlose Reklame.

Aber das Erstaunliche war, daß die Verfolger sich nicht einmal die Mühe machten, sich vor dem Verfolgten zu verbergen. Das sprach dafür, daß sie sich ihrer Sache sehr sicher waren. Daß es ihm noch gelungen war, aufs Bremserhäuschen aufzuspringen, war natürlich purer Zufall, aber andernfalls hätte er den Koffer auch auf dem Bahnsteig oder sonst irgendwo sehen können.

Zufall? Es wollte ihm so vorkommen – nicht zum erstenmal, aber jetzt mit aller Deutlichkeit und über jeden Zweifel erhaben –, als ob sein Hiersein für die andern nicht nur Zufall, sondern geradezu ein Unfall wäre. Diese Serie unglaublicher Behinderungen, die ihn zwischen London und der Gare des Invalides aufgehalten hatten, präsentierte sich ihm jetzt wie arrangiert. Zum Beispiel die lächerliche Anschuldigung, mit der diese Frau ihn am Piccadilly überfallen hatte, und daraufhin die langwierige Vernehmung bei der Polizei in der Marlborough Street, bis man ihn endlich wieder auf freien Fuß gesetzt hatte. Es war ja so leicht, einen Mann mit Hilfe fingierter Vorwürfe so lange festhalten zu lassen, bis ein wichtiger Plan gereift war. Dann die Toilettentür am Waterloo-Bahnhof, deren Schloß so albern hinter ihm zugeschnappt war. Als sportlicher Mensch war er über die Trennwand gestiegen, nur um festzustellen, daß der Toilettenwärter ebenfalls auf wundersame Weise verschwunden war. Und war es dann in Paris etwa Zufall gewesen, daß er ausgerechnet einen schwerhörigen Taxifahrer erwischte, der die Zielangabe «Quai d'Orleans» als «Gare de Lyon» mißverstand und erst einmal drei Kilometer weit in die falsche Richtung fuhr, bis die Proteste seines Fahrgastes endlich zu ihm durchdrangen? Sie waren schon schlau, seine Verfolger, und sehr umsichtig. Sie besaßen genaueste Informationen. Sie konnten ihn nach Belieben aufhalten, ohne dabei offen in Erscheinung zu treten. Sie wußten, daß sie nur die Zeit für sich arbeiten zu lassen brauchten, dann benötigten sie keinen weiteren Verbündeten mehr.

Wußten sie vielleicht auch jetzt, daß er im Zug war? Wenn nicht, hatte er noch immer einen Vorteil in der Hand, denn dann reisten sie in falscher Sicherheit, weil sie ihn tobend vor hilfloser Wut in der Gare des Invalides wähnten. Er beschloß, vorsichtig auf Kundschaft zu gehen.

Dazu gehörte, daß er als erstes seinen grauen Anzug gegen einen anderen in unauffälligem Marineblau vertauschte, den er in seiner kleinen schwarzen Tasche bei sich hatte. Das besorgte er in aller Stille auf der Toilette, dann setzte er noch statt des grauen Filzhuts eine große Reisemütze auf, die er schön tief ins Gesicht ziehen konnte. Es bereitete so gut wie keine Schwierigkeiten, den Mann zu finden, den er suchte. Er entdeckte ihn auf einem Eckplatz in einem Abteil der ersten Klasse, in Fahrtrichtung sitzend, so daß er selbst sich ungesehen von hinten nähern konnte. Im Gepäcknetz lag ein schönes Reisenecessaire mit den Initialen P.D.B.W. Wimseys schmales, spitzes Gesicht, die glatten gelben Haare und die anmaßend gesenkten Augenlider waren dem jungen Mann bestens vertraut. Er lächelte ein wenig grimmig.

«Er fühlt sich sicher», dachte er, «und hat bedauerlicherweise den Fehler gemacht, den Feind zu unterschätzen. Gut! Somit werde ich mich in eine *seconde* zurückziehen und die Augen offenhalten. Der nächste Akt dieser Komödie wird sich schätzungsweise in Dreux abspielen.»

Beim Chemin de Fer de l'Ouest gilt es als die Regel, daß alle Züge von Paris nach Evreux, ob mit der Bezeichnung «Grande Vitesse» oder (wie Lord Peter es nannte) «Grande Paresse», einen endlos langen Aufenthalt in Dreux haben. Der junge Mann (jetzt in Marineblau) wartete ab, bis er sein Opfer in den Erfrischungsraum verschwinden sah, dann verließ er unauffällig den Bahnhof. Eine Viertelstunde später war er wieder da – diesmal in einem schweren Chauffeurmantel mit Helm und Brille und am Steuer eines schnellen gemieteten Peugeot. Unbemerkt betrat er den Bahnsteig und bezog Posten hinter der Wand der *lampisterie*, von wo er den Zug und den Eingang zum Erfrischungsraum im Auge behalten konnte. Nach fünfzehn Minuten wurde seine Geduld durch den Anblick seines Opfers belohnt, das mit dem Reisenecessaire in der Hand wieder den Zug bestieg. Die Dienstmänner schlugen die Türen zu und schrien: «Nächste Station Verneuil!» Die Lokomotive ächzte und stöhnte; die lange

Reihe graugrüner Wagen ruckte langsam an. Der Autofahrer seufzte zufrieden, eilte durch die Sperre hinaus und ließ den Motor seines Wagens anspringen. Er wußte, daß er gute hundertdreißig Stundenkilometer unter der Haube hatte, und in Frankreich gab es keine Geschwindigkeitsbegrenzung.

Mon Souci, der Sitz des Comte de Rueil, eines exzentrischen, einsiedlerischen Genies, liegt drei Kilometer außerhalb von Verneuil. Es ist ein tristes, halbverfallenes Schloß, das einsam und verlassen am Ende einer verwahrlosten Kiefernallee sein Dasein fristet, umgeben von der jammervollen Atmosphäre einer Aristokratie ohne Gefolgschaft. Die steinernen Nymphen stehen gebeugt und grün über ihren ausgetrockneten, verwitterten Bassins. Hin und wieder zieht ein Bauer mit einer knarrenden Holzfuhre über schlecht gepflegte Waldschneisen. Den ganzen Tag herrscht Sonnenuntergangsstimmung. Das Balkenwerk ist trocken und rissig, weil ihm der Anstrich fehlt. Durch die Jalousien sieht man in den steifen Salon mit seinen schönen, ausgebleichten Möbeln. Selbst die letzte der einstmals hier wohnenden uneleganten, unansehnlichen Frauen mit ihren übermäßig ausgeprägten Familienzügen und ihren langen weißen Handschuhen hat Mon Souci inzwischen verlassen. Aber im hinteren Teil des Schlosses raucht unablässig ein Schornstein. Es ist die Heizung des Laboratoriums, des einzig Lebendigen und Modernen hier inmitten des Alten und Sterbenden; es ist der einzige Ort, der geliebt und gehegt, verhätschelt und verwöhnt und dem alle Sorgfalt zuteil wird, mit der die Grafen einer leichtlebigeren Zeit ihre Ställe und Zwinger, Gemäldegalerie und Ballsaal bedachten. Und im kühlen Keller darunter liegen Reihen über Reihen staubiger Flaschen, eine wie die andere ein gläserner Zaubersarg, in dem das Dornröschen der Weinberge im Schlaf zu immer betörenderer Schönheit heranreift.

Als der Peugeot auf dem Hof ausrollte, stellte sein Fahrer mit einiger Überraschung fest, daß er nicht der einzige Besucher des Grafen war. Ein riesenhafter Super-Renault, viel Haube und kaum Rumpf, wie eine Merveilleuse des Directoire, war so großspurig vor den Eingang gesetzt worden, als sollte er jeglichen Neuankömmling erst einmal in Verlegenheit bringen. Seine glitzernden Türbleche zierte ein Wappen, und im Augenblick schleppte der ältliche Diener des Comte sich mit zwei prächtigen Koffern ab, die in meilenweit sichtbaren silbernen Lettern die Aufschrift LORD PETER WIMSEY trugen.

Der Peugeotfahrer betrachtete das Schauspiel mit Erstaunen und grinste hämisch. «Lord Peter scheint ja in diesem Land ziemlich allgegenwärtig zu sein», bemerkte er bei sich. Dann nahm er Füller und Papier aus seiner Tasche und schrieb ein Briefchen. Bis die Koffer ins Haus getragen waren und der Renault sich schnurrend in Richtung Nebengebäude entfernt hatte, war auch der Brief fertig und in einen an den Comte de Rueil adressierten Umschlag gesteckt. «Wer andern eine Grube gräbt», sagte der junge Mann, und damit ging er die Treppe hinauf und übergab dem Diener an der Tür den Umschlag.

«Ich habe hier ein Empfehlungsschreiben an den Comte de Rueil», sagte er. «Hätten Sie vielleicht die Güte, es zu ihm zu bringen? Mein Name ist Bredon – Death Bredon.»

Der Diener verneigte sich und bat ihn herein.

«Wenn Monsieur die Freundlichkeit besäßen, einen Augenblick in der Halle Platz zu nehmen. Monsieur le Comte ist noch mit einem andern Herrn beschäftigt, aber ich werde ihn unverzüglich von Monsieurs Ankunft in Kenntnis setzen.»

Der junge Mann nahm Platz und wartete. Durch die Fenster der Halle blickte man auf die Zufahrt hinaus, und es dauerte nicht lange, bis der Schlaf des Schlosses vom Hupen eines dritten Autos gestört wurde. Ein Bahnhofstaxi kam lärmend die Allee herauf. Der Mann aus dem Erste-Klasse-Abteil und das Gepäck mit den Initialen P.D.B.W. wurden vor der Tür abgesetzt. Lord Peter Wimsey entließ den Chauffeur und läutete.

«So», sagte Mr. Bredon. «Nun kann der Spaß beginnen.» Mit diesen Worten zog er sich so tief wie möglich in den Schatten einer großen *armoire normande* zurück.

«Guten Abend», sagte der Neuankömmling in bewundernswertem Französisch zu dem Diener. «Ich bin Lord Peter Wimsey und komme auf Einladung des Comte de Rueil. Ist Monsieur le Comte zu Hause?»

«Milord Peter Wimsey? Verzeihung, Monsieur, aber das verstehe ich nicht. Milord de Wimsey ist schon da und befindet sich im Augenblick bei Monsieur le Comte.»

«Sie sehen mich erstaunt», erwiderte der andere völlig ungerührt, «denn sicherlich hat niemand anderer als ich ein Recht auf diesen Namen. Mir scheint, da hat eine Person von mehr Schlauheit als Ehrlichkeit die raffinierte Idee gehabt, sich für mich auszugeben.»

Der Diener war sichtlich ratlos.

«Vielleicht», schlug er vor, «könnte Monsieur mir seine *papiers d'identité* zeigen?»

«Es ist zwar etwas ungewöhnlich, sich an der Tür auszuweisen, wenn man jemandem einen Privatbesuch abstattet», antwortete Seine Lordschaft mit unerschütterlichem Gleichmut, «aber ich erhebe nicht den mindesten Einspruch. Hier ist mein Paß, hier mein *permis de séjour*, das mir in Paris ausgestellt wurde, hier meine Visitenkarte, und hier ist etliche Korrespondenz, gerichtet an meine verschiedenen Adressen im Hotel Meurice in Paris, an meine Londoner Wohnung am Piccadilly, an den Marlborough Club in London und an das Haus meines Bruders in King's Denver. Ist das wohl ausreichend?»

Der Diener sah die vorgelegten Dokumente sorgfältig durch und schien vor allem von dem *permis de séjours* beeindruckt zu sein.

«Da scheint ein Fehler vorzuliegen», murmelte er skeptisch. «Wenn Monsieur mir folgen wollen, werde ich Monsieur le Comte verständigen.» Sie verschwanden durch die Flügeltür am hinteren Ende der Halle, und Bredon blieb allein zurück.

«Heute wimmelt's hier nur so von Richmonds», bemerkte er, «und einer ist skrupelloser als der andere. Der Fall erfordert offensichtlich besonders kluges Vorgehen.»

Nach etwa zehn Minuten, in denen es vermutlich in der gräflichen Bibliothek besonders aufregend zugegangen war, kam der Diener wieder, diesmal auf der Suche nach ihm.

«Monsieur le Comte läßt sich Ihnen empfehlen, und würden Monsieur mir bitte hierher folgen?»

Bredon betrat den Raum mit keckem Schritt. Er hatte sich zum Herrn der Lage gemacht. Der Comte, ein magerer älterer Mann mit fleckigen Fingern vom Umgang mit Chemikalien, saß mit kummervoller Miene an seinem Schreibtisch. In zwei Sesseln saßen die beiden Wimseys. Bredon sah, daß der

Wimsey, den er im Zug gesehen (und den er im Geiste Peter I getauft) hatte, sein unerschütterliches Lächeln beibehalten hatte, während Peter II (der mit dem Renault) das vor Empörung gerötete Gesicht eines gekränkten englischen Gentleman zur Schau stellte. Die beiden Herren sahen sich oberflächlich ähnlich – beide blond, hager, mit langen Nasen und unscheinbaren, unbeweglichen Gesichtern, wie sie in einer Versammlung wohlgeborener Angelsachsen vorzuherrschen pflegen.

«Mr. Bredon», sagte der Comte, «es ist mir eine große Freude, Ihre Bekanntschaft zu machen, und ich bedaure, daß ich Sie als erstes um einen Dienst bitten muß, der ebenso einzigartig wie wichtig ist. Sie haben mir ein Empfehlungsschreiben von Ihrem Vetter, Lord Peter Wimsey, vorgelegt. Würden Sie nun wohl so freundlich sein und mir sagen, welcher dieser beiden Herren Lord Peter Wimsey ist?»

Bredon ließ seinen Blick langsam von einem Prätendenten zum andern wandern und überlegte dabei, welche Antwort seinen Zwecken am dienlichsten sein könnte. Zumindest einer der in diesem Raum anwesenden Männern besaß beachtliches intellektuelles Format und war darin geübt, falsches Spiel zu durchschauen.

«Nun?» meinte Peter II. «Wollen Sie mich nicht endlich beglaubigen, Bredon?»

Peter I entnahm einem silbernen Etui eine Zigarette. «Ihr Komplize scheint in seiner Rolle nicht sehr sattelfest zu sein», bemerkte er mit einem gelassenen Lächeln, das Peter II galt.

«Monsieur le Comte», sagte Bredon, «ich bedaure außerordentlich, Ihnen in dieser Angelegenheit nicht weiterhelfen zu können. Meine Bekanntschaft mit meinem Vetter beschränkt sich, wie die Ihre, auf Korrespondenzen zu einem Thema gemeinsamen Interesses. Mein Beruf», fügte er hinzu, «hat mich bei meiner Familie unbeliebt gemacht.»

Von irgendwoher ertönte ein leiser Seufzer der Erleichterung. Der falsche Wimsey – welcher auch immer – hatte noch eine Gnadenfrist. Bredon lächelte.

«Ein hervorragender Schachzug, Mr. Bredon», sagte Peter I, «aber das dürfte kaum erklären – gestatten Sie.» Er nahm den Brief aus der widerstrebenden Hand des Comte. «Es dürfte kaum die Tatsache erklären, daß die Tinte auf diesem vor drei Wochen datierten Empfehlungsschreiben jetzt noch nicht einmal ganz trocken ist – obschon ich Ihnen zu der sehr gekonnten Nachahmung meiner Handschrift gratulieren muß.»

«Wenn *Sie* meine Handschrift zu fälschen imstande sind», sagte Peter II, «so wird Mr. Bredon dies wohl auch können.» Er las den Brief über die Schulter seines Doubles hinweg laut vor.

«‹Monsieur le Comte – ich habe die Ehre, Ihnen meinen Freund und Vetter, Mr. Death Bredon, vorzustellen, der meines Wissens im Laufe des nächsten Monats Ihren Teil Frankreichs bereisen wird. Es liegt ihm sehr viel daran, Ihre interessante Bibliothek zu sehen. Obschon er von Beruf Journalist ist, versteht er etwas von Büchern.› Es freut mich, auf diese Weise zum erstenmal zu erfahren, daß ich einen solchen Vetter habe. Ein Reportertrick, vermute ich, Monsieur le Comte. In Fleet Street scheint man mit den Namen in unserer Familie bestens vertraut zu sein. Vielleicht ist man dort ebenso vertraut mit dem Zweck meines Besuches auf Mon Souci?»

«Wenn Sie», sagte Bredon kühn, «den Erwerb der de-Rueil-Formel zur Herstellung von Giftgas durch die britische Regierung meinen, kann ich nur für mich selbst antworten, wobei die übrige Fleet Street möglicherweise weniger vollständig informiert ist.» Er wägte seine Worte jetzt sorgfältiger, gewarnt durch den Ausrutscher. Der scharfe Blick und der detektivische Spürsinn von Peter I machten ihm weit mehr Sorgen als die scharfe Zunge von Peter II.

Der Comte stieß einen Ruf der Bestürzung aus.

«Meine Herren», sagte er, «eines liegt hier klar auf der Hand – nämlich daß es irgendwo ein schreckliches Loch in der Geheimhaltung gegeben hat. Ich weiß nicht, welcher von Ihnen der Lord Peter Wimsey ist, dem ich die Formel anvertrauen könnte. Sie sind beide mit Papieren zu Ihrer Identität ausgestattet. Sie scheinen beide in der Angelegenheit bestens informiert zu sein. Ihrer beider Handschrift stimmen mit den Briefen überein, die ich zu früherer Gelegenheit von Lord Peter erhalten habe, und Sie haben mir beide die vereinbarte Summe in Noten der Bank von England angeboten. Obendrein erscheint dieser dritte Herr, ausgestattet mit den gleichen handschriftlichen Fähigkeiten, einem von verdächtigen Umständen umgebenen Empfehlungsschreiben und einem Grad von Informiertheit über diese Angelegenheit, die mich erschreckt. Ich sehe nur eine Lösung: Sie müssen alle hier in meinem Château bleiben, während ich um eine Aufklärung dieses Rätsels nach England schicke. Bei dem echten Lord Peter möchte ich mich dafür entschuldigen und ihm versichern, daß ich mich bemühen werde, seinen Aufenthalt hier so angenehm wie möglich zu gestalten. Sind Sie mit dieser Regelung einverstanden? Ja? Das freut mich zu hören. Mein Personal wird Sie in Ihre Zimmer führen, und um halb acht erwarte ich Sie zum Abendessen.»

«Es ist ein schöner Gedanke», sagte Mr. Bredon, während er sein Glas befühlte und es sich mit der Miene des Kenners unter die Nase hielt, «daß derjenige von den beiden Herren, der den Namen, den er sich zu eigen macht, rechtmäßig führt, heute abend eines wahrhaft olympischen Genusses gewiß sein darf.» Er hatte seine Frechheit wiedergefunden und forderte nun die Gesellschaft nonchalant heraus. «Ihr Keller, Monsieur le Comte, ist unter Männern, die mit einem Gaumen gesegnet sind, so berühmt wie Ihre

Talente unter den Wissenschaftlern. Mehr könnte man mit allen Worten dieser Welt nicht sagen.»

Die beiden Lord Peters murmelten Zustimmung.

«Ihr Lob», erwiderte der Comte, «freut mich um so mehr, als es mich auf die Idee zu einer Probe bringt, die es uns mit Ihrer freundlichen Mithilfe sehr erleichtern wird, zu entscheiden, wer von Ihnen, meine Herren, der wirkliche Lord Peter und wer sein talentierter Imitator ist. Ist es nicht allgemein bekannt, daß Lord Peters Gaumen für Weine in ganz Europa unerreicht ist?»

«Sie schmeicheln mir, Monsieur le Comte», sagte Peter II bescheiden.

«Ich würde nicht sagen unerreicht», fiel Peter I wie in einem eingeübten Duett ein. «Nennen wir ihn leidlich, das gibt weniger Anlaß zu Mißverständnissen und so weiter.»

«Eure Lordschaft tun sich selbst unrecht», erklärte Bredon, mit unparteiischer Ehrerbietung an beide Herren gewandt. «Die Wette, die Sie gegen Mr. Frederick Arbuthnot im Egotist Club gewannen, als er Sie herausforderte, mit verbundenen Augen die Jahrgänge von siebzehn Weinen zu nennen, hat im *Evening Wire* die gebührende Würdigung erfahren.»

«An diesem Abend war ich nur besonders gut in Form», sagte Peter I.

«Blankes Glück», lachte Peter II.

«Die Probe, die ich vorschlage, meine Herren, sieht ähnliches vor», fuhr der Comte fort, «wenn es auch nicht gleich so eine Strapaze werden soll. Das heutige Abendessen hat sechs Gänge. Zu jedem Gang werden wir einen anderen Wein trinken, den mein Butler mit verdecktem Etikett hereinbringen wird. Sie werden mir der Reihe nach Ihr Urteil darüber abgeben. Auf diese Weise werden wir vielleicht zu einem Ergebnis kommen, denn selbst der genialste Hochstapler – wovon ich heute abend vermutlich mindestens zwei am Tisch sitzen habe – könnte kaum einen Weinkenner vortäuschen. Wenn ein allzu gewagtes Durcheinander verschiedener Weine zu einem vorübergehenden Unwohlbefinden am nächsten Morgen führen sollte, so werden Sie dies sicherlich im Dienste der Wahrheit ausnahmsweise einmal gern auf sich nehmen.» Die beiden Wimseys verneigten sich.

«*In vino veritas*», meinte Mr. Bredon lachend. Er zumindest fühlte sich der Herausforderung gewachsen und sah einige Möglichkeiten auf sich zukommen.

«Da der Zufall und mein Butler Sie an meine rechte Seite plaziert haben, Monsieur», fuhr der Comte, an Peter I gewandt, fort, «bitte ich Sie, den Anfang zu machen, indem Sie mir so genau wie möglich den Wein beschreiben, den Sie soeben getrunken haben.»

«Da braucht man nun wirklich nicht lange zu raten», entgegnete der andere lächelnd. «Ich kann mit Bestimmtheit sagen, daß dies ein sehr angenehmer und wohlgereifter Chablis Moutonne ist; und da zehn Jahre ein ausgezeichnetes Alter für einen Chablis sind – für einen echten Chablis –, plädiere ich für 1916 als den vielleicht besten Weinjahrgang des Krieges in dieser Gegend.»

«Haben Sie dieser Meinung etwas hinzuzufügen, Monsieur?» begehrte der Comte in ehrerbietigem Ton von Peter II zu wissen.

«Ich möchte, was den Jahrgang angeht, nicht dogmatisch erscheinen», sagte der Angesprochene mit kritischer Miene, «aber wenn ich mich festlegen sollte, nun, dann würde ich 1915 sagen, ganz entschieden 1915.»

Der Comte verneigte sich und wandte sich an Bredon.

«Vielleicht möchten auch Sie, Monsieur, eine Meinung äußern», sagte er mit der ausgesuchten Höflichkeit, die oft dem Unbeschlagenen in der Gesellschaft von Fachleuten entgegengebracht wird.

«Ich möchte hier lieber keine Maßstäbe setzen, denen ich hinterher nicht gewachsen bin», antwortete Bredon ein wenig boshaft. «Ich weiß, daß es ein 1915er ist, weil ich nämlich das Etikett gesehen habe.»

Peter II machte ein leicht betretenes Gesicht.

«Dann werden wir die Angelegenheit künftig besser arrangieren», sagte der Comte. «Entschuldigen Sie mich.» Er entfernte sich, um ein paar Minuten mit seinem Butler zu konferieren, der kurz darauf kam, um die Austern abzutragen und die Suppe zu servieren.

Der nächste Kandidat zur Begutachtung erschien bis zum Hals in Damast gehüllt.

«Nun ist die Reihe an Ihnen, als erster Ihr Urteil abzugeben», sagte der Comte zu Peter II. «Gestatten Sie, daß ich Ihnen zuvor eine Olive anbiete, um den Geschmack zu neutralisieren. Nur nichts übereilen, ich bitte Sie. Auch zu den höchsten politischen Zwecken sollte man einen guten Wein nicht ohne Respekt behandeln.»

Die Zurechtweisung war nicht unnötig, denn nach dem ersten Schlückchen hatte Peter II einen kräftigen Zug von dem edlen, schweren Weißwein genommen. Unter dem spöttischen Blick von Peter I welkte er sichtlich dahin.

«Es ist – es ist ein Sauterne», begann er und unterbrach sich. Bredons Lächeln gab ihm aber neuen Mut, und so sagte er jetzt mit mehr Selbstsicherheit: «Château Iquem, 1911 – die Königin der Weißweine, Sir, wie mal irgendwer gesagt hat.» Damit leerte er trotzig sein Glas.

Das Gesicht des Comte sprach Bände, als er langsam seinen faszinierten Blick von Peter II ab- und Peter I zuwandte.

«Wenn sich schon jemand für mich ausgibt», murmelte letzterer sanft, «wäre es schmeichelhafter für mich gewesen, wenn diesen Versuch jemand unternommen hätte, für den ein Weißwein *nicht* wie jeder andere ist. Also, Sir, dieser bewundernswerte Jahrgang ist natürlich ein Montrachet – äh –

Augenblick –» er ließ den Wein genießerisch auf der Zunge umgehen – «1911. Und es ist ein vorzüglicher Wein, obgleich ich bei allem Respekt vor Ihnen, Monsieur le Comte, finde, daß er vielleicht ein wenig zu süß ist, um seinen augenblicklichen Platz im Menü einzunehmen. Gewiß ist zu diesem ausgezeichneten *consommé marmite* ein lieblicherer Wein nicht ganz fehl am Platz, aber nach meiner bescheidenen Ansicht wäre er bei den *confitures* noch besser zur Geltung gekommen.»

«Bitte», sagte Bredon unschuldig, «da sieht man wieder, wie man sich irren kann. Hätte ich nicht den Vorteil, Lord Peters Expertenmeinung gehört zu haben – denn gewiß hat niemand, der einen Montrachet mit einem Sauterne verwechselt, Anrecht auf den Namen Wimsey –, so hätte ich diesen Wein nicht für einen Montrachet-Aîné gehalten, sondern für einen Chevalier-Montrachet aus demselben Jahr, der ein wenig süßer ist. Aber zweifellos erscheint er einem, wie Eure Lordschaft sagen, dadurch, daß wir ihn zu dieser Suppe trinken, etwas süßer, als er in Wirklichkeit ist.»

Der Comte sah ihn scharf an, sagte aber nichts dazu.

«Nehmen Sie noch eine Olive», sagte Peter I freundlich. «Man kann einen Wein nicht beurteilen, wenn man noch einen andern Geschmack im Mund hat.»

«Heißen Dank», sagte Bredon. «Dabei fällt mir ein –» und damit gab er eine ziemlich witzlose Geschichte über Oliven zum besten, die sich über die Suppe hinzog und die Pause bis zum Auftragen einer ausgezeichnet zubereiteten Seezunge überbrückte.

Der Blick des Comte folgte ziemlich nachdenklich der hellbernsteingelben Flüssigkeit, die jetzt in die Gläser perlte. Bredon hob das seine auf die bewährte Weise unter seine Nase, und eine leichte Röte huschte über sein Gesicht. Nach dem ersten Schlückchen wandte er sich aufgeregt an seinen Gastgeber.

«Mein Gott, Sir –» begann er.

Die mahnend erhobene Hand ließ ihn verstummen.

Peter I nippte, sog die Luft ein, nippte erneut, und seine Stirn umwölkte sich. Peter II hatte inzwischen offenbar alle Ansprüche aufgegeben. Er trank durstig, strahlte und schien die Wirklichkeit vergessen zu haben.

«*Eh bien, monsieur?*» fragte der Comte liebenswürdig.

«Es ist mit Bestimmtheit ein Rheinwein», sagte Peter I, «und zwar der edelste, den ich je gekostet habe, aber ich muß gestehen, daß ich ihn im Augenblick nicht ganz plazieren kann.»

«Nein?» sagte Bredon. Seine Stimme war jetzt wie Bohnenblütenhonig, süß und harsch zugleich. «Und der andere Herr auch nicht? Dabei könnte ich diesen Wein auf ein paar Meilen genau lokalisieren, obschon ich sagen muß, daß ich ihn in dieser Zeit nicht in einem französischen Keller zu finden erwartet hätte. Es ist, wie Eure Lordschaft sagen, ein Rheinwein, und zwar ein Johannisberger. Nicht der plebejische Vetter, sondern der *echte* Schloß Johannisberger von den schloßeigenen Weinbergen. Er muß Eurer Lordschaft – sehr zu Ihrem Schaden – während des Krieges entgangen sein. Mein Vater hat noch ein paar Flaschen aufgelegt, bevor er starb, aber anscheinend waren die herzoglichen Keller in Denver nicht so gut ausgestattet.»

«Diesem Mißstand soll schnellstens abgeholfen werden», sagte der übriggebliebene Peter entschlossen.

Das *poulet* wurde serviert, begleitet von

einem Streitgespräch über den Lafitte, den Seine Lordschaft auf 1878 datierte, während Bredon auf der Ansicht beharrte, er sei ein Restbestand des glorreichen 75er Jahrgangs, ein wenig überreif, aber sowohl seinem hohen Alter als auch seinem edlen Stammbaum zur Ehre gereichend.

Beim Clos-Vougeôt bestand hingegen völlige Einigkeit; nach einer ersten vorsichtigen Datierung auf das Jahr 1915 erklärte Peter I ihn schließlich zu einem Vertreter des ebenso herrlichen, wenn auch ein wenig leichteren Jahrgangs 1911. Unter allgemeinem Applaus wurde das pré-salé abgetragen und das Dessert serviert.

«Ist es eigentlich nötig», meinte Peter I mit einem sanften Lächeln in Richtung Peter II – der jetzt nur noch selig vor sich hin lallte: «Verdammt guter Wein, verdammt gutes Essen, verdammt schöner Abend» – «ist es wirklich nötig, diese Farce in die Länge zu ziehen?»

«Eure Lordschaft werden sich doch der weiteren Diskussion gewiß nicht entziehen wollen?» erwiderte der Comte.

«Die Sache ist doch wohl hinreichend geklärt.»

«Aber einem Gespräch über Wein wird sicher niemand aus dem Weg gehen», meinte Bredon, «am wenigsten so ein großer Kenner wie Eure Lordschaft.»

«Bei diesem Wein doch», sagte der andere. «Ehrlich gesagt, ich kann nicht viel damit anfangen. Er ist süß und beißend, zwei Eigenschaften, die ihn in den Augen – vielmehr im Mund – des Kenners abqualifizieren. Hatte Ihr verehrter Herr Vater diesen Wein vielleicht auch im Keller, Mr. Bredon?»

Bredon schüttelte den Kopf.

«Nein», sagte er, «nein. Echter kaiserlicher Tokayer ist für einen Schreiberling leider unerschwinglich. Aber ich gebe Ihnen recht, daß er sehr überbewertet wird – mit allem schuldigen Respekt vor Ihnen selbst, Monsieur le Comte.»

«In diesem Falle», sagte der Comte, «werden wir gleich zum Likör übergehen. Ich gestehe, daß ich die beiden Herren mit einem örtlichen Produkt verblüffen wollte, doch da der eine Bewerber offenbar die Waffen gestreckt hat, soll es Cognac sein – das einzige, was eine gute Weinfolge gebührend abschließt.»

Unter leicht verlegenem Schweigen wurden die großen, runden Schwenker auf den Tisch gestellt und die wenigen kostbaren Tropfen vorsichtig eingeschenkt und in eine leichte Drehbewegung versetzt, um das Bouquet freizusetzen.

«Das», sagte Peter I, nun wieder ganz liebenswürdig, «ist wahrhaftig ein wunderbarer alter französischer Cognac. Schätzungsweise ein halbes Jahrhundert alt.»

«Eure Lordschaft lassen in diesem Lob die Begeisterung missen», versetzte Bredon. «Das ist *der* Cognac – der Cognac aller Cognacs –, der herrliche, unvergleichliche, echte Napoleon. Man sollte ihn als den Kaiser ehren, der er ist.»

Er erhob sich, seine Serviette in der Hand.

«Sir», sagte der Comte, an ihn gewandt, «ich habe zu meiner Rechten einen bewundernswerten Weinkenner sitzen, aber Sie sind einzigartig.» Er winkte stumm dem Butler, der die leeren Flaschen feierlich an den Tisch brachte und enthüllte, vom bescheidenen Chablis bis zum stattlichen Napoleon mit dem in die Flasche geblasenen kaiserlichen Siegel. «Jedesmal haben Sie Lage und Jahrgang richtig bestimmt. Es gibt sicher kein halbes Dutzend Männer mit einem Gaumen wie dem Ihren auf der ganzen Welt, und ich dachte bisher, nur einer davon sei Engländer. Wollen Sie uns jetzt nicht mit Ihrem richtigen Namen beehren?»

«Sein Name spielt überhaupt keine Rolle», sagte Peter I. Er war aufgestanden. «Hände hoch, alle! Comte, die Formel!»

Bredon, der in der einen Hand noch immer die Serviette hielt, riß ruckartig die Hände hoch. Die weißen Falten spien Feuer, und das Geschoß traf den Revolver des andern genau zwischen Lauf und Abzug, wobei sich sehr zum Schaden des gläsernen Kerzenhalters der Schuß löste. Peter I schüttelte seine gelähmte Hand und fluchte.

Bredon hielt die Pistole auf ihn gerichtet, ohne dabei Peter II aus den wachsamen Augen zu lassen, dessen rosarote Visionen sich durch den Knall in nichts aufgelöst hatten und nach und nach seiner früheren Aggressivität Platz machten.

«Da die Abendgesellschaft einen etwas lebhaften Verlauf zu nehmen scheint», meinte Bredon, «wären Sie vielleicht so liebenswürdig, Comte, diese beiden Herren auf weitere Schußwaffen zu untersuchen. Danke. So, und nun könnten wir uns eigentlich alle wieder hinsetzen und die Flasche kreisen lassen.»

«Sie – *Sie* sind –» knurrte Peter I.

«Oh, mein Name ist wirklich Bredon», entgegnete der andere gutgelaunt. «Ich habe etwas gegen Pseudonyme. Sie sind so etwas wie die Kleider eines andern, wissen Sie – wollen nie so recht passen. Peter Death Bredon Wimsey – ein bißchen lang und so, aber ganz praktisch, wenn man ihn in Raten benutzt. Auch ich habe einen Paß und alle diese Sachen, aber da deren Reputation hier gewissermaßen etwas lädiert war, habe ich sie nicht vorgewiesen. Für die Formel gebe ich Ihnen, glaube ich, besser einen persönlichen Scheck von mir – mit Noten der Bank von England scheint hier jeder um sich werfen zu können. In meinen Augen ist diese ganze Geheimdiplomatie sowieso ein Fehler, aber das ist Sache des Kriegsministeriums. Ich nehme an, wir haben alle die gleichen Beglaubigungsschreiben bei uns. Eben, dachte ich mir doch. Da scheint sich irgendein schlaues Kerlchen sehr erfolgreich auf zwei Märkten gleichzeitig verkauft zu haben. Aber Sie beide müssen ja wirklich aufregende Zeiten hinter sich haben – jeder in dem Glauben, der andere sei ich.»

«Mylord», sagte der Comte traurig, «diese beiden Männer sind oder waren vermutlich Engländer. Es liegt mir nichts daran, zu wissen, welche Regierungen ihren Verrat gekauft haben. Aber wo sie stehen, da stehe leider, leider auch ich. Gegenüber unserer käuflichen, korrupten Republik empfinde ich als Royalist keinerlei Treueverpflichtung, aber es nagt an meinem Herzen, daß ich mich von meiner Armut dazu habe hinreißen lassen, mein Heimatland an England zu verkaufen. Fahren Sie zu Ihrem Kriegsministerium zurück und berichten Sie, daß ich Ihnen die Formel nicht gebe. Sollte es zwischen unseren Ländern – was Gott verhüte! – zu einem Krieg kommen, so werden Sie mich auf der Seite Frankreichs finden. Das ist mein letztes Wort, Mylord.»

Wimsey verneigte sich.

«Sir», sagte er, «meine Mission ist allem Anschein nach fehlgeschlagen. Darüber freue ich mich. Dieses Geschäft mit der Vernichtung ist ja doch ein schmutziges Geschäft. Schließen wir die Tür hinter diesen beiden Herren, die weder Fisch noch Fleisch sind, und trinken wir den Cognac in der Bibliothek zu Ende.»

Die ergötzliche Episode
von dem fraglichen Artikel

Lord Peter Wimseys unprofessionelle Karriere als Detektiv war gesteuert (obgleich das Wort in diesem Zusammenhang nicht recht angebracht erscheint) von einer beharrlichen und geradezu würdelosen Neugier. Seine Angewohnheit, dumme Fragen zu stellen – beim unreifen Jüngling nur natürlich, wenngleich auch irritierend –, war ihm erhalten geblieben, auch nachdem sein untadeliger Diener Bunter schon lange in seine Dienste getreten war, um ihm die Stoppeln vom Kinn zu rasieren und stets für einen ausreichenden Vorrat an Napoleon-Cognac und Villar-y-Villar-Zigarren zu sorgen. Im Alter von zweiunddreißig Jahren wurde er von seiner Schwester Mary einmal als Elefantenjunges bezeichnet. So brachte seine alberne Frage (in Anwesenheit seines Bruders, des Herzogs von Denver, der vor Scham puterrot anlief) nach dem wirklichen Inhalt des «Wollsacks» den damaligen Lordkanzler (und Inhaber dieses symbolträchtigen Sitzes im Oberhaus) dazu, den fraglichen Artikel spielerisch zu untersuchen und in seinen verborgensten Tiefen das berühmte Diamantcollier der Marquise von Writtle zu entdecken, das ihr am Tage der Parlamentseröffnung abhanden gekommen und von einer der Putzfrauen dort sicher versteckt worden war. Und indem er höchstpersönlich dem Chefingenieur von LONDON II mit der Frage in den Ohren lag, was denn Oszillation bedeute und wozu sie gut sei, gelang es Seiner Lordschaft ganz zufällig, den großen Ploffsky-Ring anarchistischer Verschwörer zu entlarven, die sich untereinander mit einem ausgeklügelten System von Heultönen zu verständigen pflegten, mit denen sie (zum großen Verdruß der Hörer britischer und kontinentaleuropäischer Stationen) die Londoner Welle überlagerten, um so ihre Nachrichten über einen Radius von fünf- bis sechshundert Meilen verbreiten zu lassen. Leute mit mehr Muße als Anstand brüskierte er einmal damit, daß er es sich plötzlich in den Kopf setzte, auf dem Weg über die Treppe zur Untergrundbahn hinabzusteigen, obwohl das einzig Aufregende, was er dort jemals fand, die blutbefleckten Schuhe des Mörders vom Sloane Square waren; als andererseits einmal die Kanalisation in Glegg's Folly herausgerissen wurde, machte er durch ständiges Herumlungern, womit er die Installateure von der Arbeit abhielt, zufällig die Entdeckung, die den verabscheuungswürdigen Giftmörder William Girdlestone Chitty an den Galgen brachte.

Demzufolge kam es für den braven Bunter keineswegs überraschend, als er eines schönen Aprilmorgens von einer plötzlichen Abänderung ihrer Reisepläne in Kenntnis gesetzt wurde.

Sie waren rechtzeitig zur Gare St. Lazare gekommen, um ihr Gepäck aufzugeben. Nach einer dreimonatigen Italienreise, die ausschließlich dem Vergnügen diente, hatten sie zwei rundum erfreuliche Wochen in Paris verbracht, und nun gedachten sie auf dem Heimweg nach England noch dem Duc de Sainte-Croix in Rouen einen Besuch abzustatten. Lord Peter ging eine Weile in der Salle des Pas Perdus auf und ab, kaufte sich die eine oder andere Illustrierte und besah sich die Leute. Sein beifälliger Blick ruhte kurz auf einem schlanken Geschöpf mit Herrenschnitt und dem Gesicht eines echten Pariser *gamin*, bevor er einräumen mußte, daß ihre Fesseln ein wenig zu stämmig waren. Er war einer älteren Dame behilflich, die dem Verkäufer am Kiosk klarzumachen versuchte, daß sie einen Stadtplan von Paris und keine *carte postale* haben wolle, nahm an einem der kleinen grünen Tische am anderen Ende einen schnellen Cognac zu sich und fand schließlich, er solle doch lieber einmal hingehen und sich darum kümmern, wie Bunter zurechtkam.

In der letzten halben Stunde hatten Bunter und sein Gepäckträger sich bis an die zweite Stelle in der riesenlangen Schlange vorgearbeitet – denn es war wieder einmal eine der Waagen außer Betrieb. Vor ihnen stand ein aufgeregtes kleines Grüppchen – die junge Dame, die Lord Peter schon in der Salle des Pas Perdus bemerkt hatte, ein etwa dreißigjähriger Mann mit bläßlichem Gesicht, ihr Gepäckträger und der Bahnbeamte, der eifrig durch sein kleines *guichet* spähte.

«Mais je te répète que je ne les ai pas», sagte der bläßliche Mann hitzig. «Voyons, voyons. C'est bien toi qui les a pris, n'est-ce pas? Eh bien, alors, comment veux-tu que je les aie, moi?»

«Mais non, mais non, je te les ai bien donnés là-haut, avant d'aller chercher les journaux.»

«Je t'assure que non. Enfin, c'est evident! J'ai cherché partout, que diable! Tu ne m'a rien donné, du tout, du tout.»

«Mais puisque je t'ai dit d'aller faire enrégistrer les bagages! Ne faut-il pas que je t'aie bien remis les billets? Me prends-tu pour un imbécile? Va! On n'est pas dépourvu de sens! Mais regarde l'heur! Le train part à 11 h. 20 m. Cherche un peu, au moins.»

«Mais puisque j'ai cherché partout – le gilet, rien! Le jacquet, rien, rien! Le pardessus – rien! rien! rien! C'est toi –»

An dieser Stelle griff der Gepäckträger, genötigt durch die wilden Wutschreie und das Stampfen der Anstehenden und die wiederholten Beleidigungen, die Lord Peters Gepäckträger gegen ihn ausstieß, in die Diskussion ein.

«P't-être qu' m'sieur a bouté les billets dans son pantalon», mutmaßte er.

«Triple idiot!» fauchte der Reisende. «Je vous le demande – est-ce qu'on a jamais entendu parler de mettre des billets dans son pantalon? Jamais –»

Der französische Gepäckträger ist ein Republikaner und obendrein schändlich unterbezahlt. Die unendliche Geduld seines englischen Kollegen ist ihm nicht gegeben.

«Ah!» sagte er, wobei er zwei schwere Koffer fallen ließ und sich nach moralischer Unterstützung umsah. «Vous dites? En voilà du joli! Allons, mon p'tit, ce n'est pas parcequ'on porte un faux-col qu'on a le droit d'insulter les gens.»

Aus der Diskussion hätte sich ein ausgewachsener Streit entwickeln können, hätte der junge Mann nicht plötzlich die Fahrkarten gefunden – wie es der Zufall wollte, befanden sie sich eben doch in seiner Hosentasche –, woraufhin er zur unverhohlenen Genugtuung der Wartenden den Vorgang der Gepäckaufgabe fortsetzen konnte.

«Bunter», sagte Seine Lordschaft, der mit dem Rücken zu der Gruppe stand und sich eine Zigarette anzündete, «ich gehe die Fahrkarten umtauschen. Wir fahren direkt nach London. Haben Sie Ihren Knipskasten bei sich?»

«Ja, Mylord.»

«Den, womit Sie aus der Jackentasche knipsen können, ohne daß es jemand merkt?»

«Ja, Mylord.»

«Machen Sie mir ein Foto von den beiden.»

«Ja, Mylord.»

«Um das Gepäck kümmere ich mich. Schicken Sie dem Herzog ein Telegramm, ich sei unerwartet nach Hause gerufen worden.»

«Sehr wohl, Mylord.»

Lord Peter kam auf die Angelegenheit erst wieder zu sprechen, als Bunter in ihrer Kabine an Bord der *Normannia* seine Hose in den Bügel spannte. Er hatte sich nur noch vergewissert, daß der Mann und die Frau, die seine Aufmerksamkeit erregt hatten, als Passagiere zweiter Klasse auf dem Schiff waren, ansonsten war er ihnen sorgsam aus dem Weg gegangen.

«Haben Sie das Foto?»

«Ich hoffe es, Mylord. Wie Eure Lordschaft wissen, ist das Anvisieren aus der Jakkentasche heraus nicht immer sehr zielsicher. Ich habe drei Versuche gemacht und hoffe, daß wenigstens einer davon sich als nicht ganz erfolglos erweisen wird.»

«Wie bald können Sie die Dinger entwikkeln?»

«Sofort, wenn Eure Lordschaft es wünschen. Ich habe alle Materialien in meinem Koffer.»

«Wie lustig!» rief Lord Peter, indem er sich eilfertig in einen malvenfarbenen Seidenpyjama warf. «Darf ich dabei die Flaschen halten und so weiter?»

Mr. Bunter goß 7 Zentiliter Wasser in ein 20-Zentiliter-Meßglas und reichte seinem Herrn einen Glasstab und ein kleines Päckchen.

«Wenn Eure Lordschaft die Güte hätten, den Inhalt des weißen Päckchens langsam in das Wasser zu rühren», sagte er, indem er die Tür verriegelte, «und, nachdem er sich aufgelöst hat, den Inhalt des blauen Päckchens dazuzugeben.»

«Wie Brausepulver», sagte Seine Lordschaft fröhlich.

«Schäumt das auch?»

«Nicht sehr, Mylord», antwortete der Experte, während er etwas Fixiersalz ins Waschbecken schüttete.

«Schade», meinte Lord Peter. «Wissen Sie was, Bunter? Das Zeug braucht ewig lange, um sich aufzulösen.»

«Jawohl, Mylord», erwiderte Bunter gemessen. «Ich finde diesen Teil des Vorgangs auch immer ausnehmend langweilig, Mylord.»

Lord Peter rührte verbissen mit dem Glasstab.

«Warte nur», sagte er gehässig, «bis wir nach Waterloo kommen.»

Drei Tage später saß Lord Peter Wimsey in seinem büchergespickten Wohnzimmer am Piccadilly 110a. Die langstieligen Narzissen auf dem Tisch lächelten in der Frühlingssonne und nickten im Wind, der durch das offene Fenster hereinfuhr. Die Tür ging auf, und Seine Lordschaft blickte von der schönen Ausgabe der *Contes de La Fontaine* auf, deren wunderhübsche Fragonard-Stiche er gerade mittels einer Lupe untersuchte.

«Morgen, Bunter. Was gibt's?»

«Ich habe festgestellt, Mylord, daß die fragliche junge Person in den Dienst der älteren Herzogin von Medway getreten ist. Ihr Name ist Célestine Berger.»

«Sie drücken sich nicht mit der gewohnten Präzision aus, Bunter. Wer von der Bühne kommt, heißt niemals Célestine. Sie hätten sagen sollen: ‹Unter dem Namen Célestine Berger.› Und der Mann?»

«Er hat unter dieser Adresse in der Guilford Street in Bloomsbury Wohnung genommen, Mylord.»

«Ausgezeichnet, mein lieber Bunter. Jetzt geben Sie mir den *Who's Who*. War es sehr anstrengend?»

«Nicht übermäßig, Mylord.»

«Demnächst gebe ich Ihnen doch noch mal etwas zu tun, was Ihnen gegen den Strich geht», sagte Seine Lordschaft, «und dann werden Sie mich verlassen und ich mir die Kehle durchschneiden. Danke. Sie dürfen jetzt nach draußen spielen gehen. Ich esse im Club zu Mittag.»

Das Buch, das Bunter seinem Brotgeber reichte, trug auf dem Umschlag tatsächlich die Aufschrift *Who's Who*, aber man konnte es in keiner öffentlichen Bibliothek und keinem Buchladen finden. Es war ein dickes, teils in Mr. Bunters kleiner, druckbuchstabenähnlicher Schrift, teils in Lord Peters säuberlicher und ganz und gar unleserlicher Handschrift eng beschriebenes Manuskript und enthielt die Biographien der unwahrscheinlichsten Leute sowie die unwahrscheinlichsten Angaben über die bekanntesten Leute. Lord Peter schlug einen sehr langen

Eintrag unter dem Namen «Herzoginwitwe von Medway» auf. Er schien mit dem, was er las, hochzufrieden, denn nach einer Weile lächelte er, klappte das Manuskript zu und ging zum Telefon.

«Ja – hier Herzogin von Medway. Was gibt es?»

Die tiefe, rauhe alte Stimme gefiel Lord Peter. Im Geiste sah er das gebieterische Gesicht und die aufrechte Gestalt der einstmals berühmtesten Schönheit im London der sechziger Jahre vor sich.

«Herzogin – hier ist Peter Wimsey.»

«Ach, und wie geht es Ihnen, junger Mann? Von Ihrem Europabummel zurück?»

«Soeben heimgekehrt – und nun kann ich es kaum erwarten, der faszinierendsten Dame Englands meine Verehrung zu Füßen zu legen.»

«Der Himmel steh mir bei, mein Kind, was wollen Sie von mir?» fragte die Herzogin. «Junge Burschen wie Sie schmeicheln einer alten Frau nicht umsonst.»

«Ich möchte Ihnen meine Sünden beichten, Herzogin.»

«Sie hätten in der großen alten Zeit leben sollen», sagte die Stimme beifällig. «Bei dem jungen Gemüse von heute sind Ihre Talente verschwendet.»

«Darum möchte ich ja mit Ihnen reden, Herzogin.»

«Nun, mein Lieber, wenn Sie Sünden begangen haben, die anzuhören es sich lohnt, freue ich mich auf Ihren Besuch.»

«Sie sind ebenso ungemein gütig wie charmant. Ich komme heute nachmittag.»

«Ich werde für Sie und sonst für niemanden dasein. Bitte sehr.»

«Verehrteste, ich küsse Ihre Hände», sagte Lord Peter und hörte noch ein tiefes, leises Lachen, bevor die Herzogin auflegte.

«Sie können sagen, was Sie wollen, Herzogin», sagte Lord Peter von seinem Ehrfurchtsplatz auf dem Kaminhocker aus, «aber Sie sind die jüngste Großmutter Londons, wobei ich meine eigene Mutter nicht ausnehme.»

«Die liebe Honoria ist doch noch das reinste Kind», sagte die Herzogin. «Ich habe zwanzig Jahre mehr Lebenserfahrung und bin in das Alter gekommen, in dem man sich damit brüstet. Und ich habe die feste Absicht, auch noch Urgroßmutter zu werden, bevor ich sterbe. Sylvia heiratet in vierzehn Tagen, und zwar diesen dummen Sohn von Lord Attenbury.»

«Abcock?»

«Ja. Er hält die schlechtesten Jagdpferde, die ich je gesehen habe, und weiß Champagnerwein nicht von Sauterne zu unterscheiden. Aber Sylvia ist ja ebenfalls dumm, das arme Kind, da werden sie wohl zauberhaft miteinander auskommen. Zu meiner Zeit brauchte man entweder Grips oder Schönheit, um es zu etwas zu bringen, am besten beides. Heutzutage scheint es zu genügen, wenn man überhaupt keine Persönlichkeit hat. Aber mit dem Vetorecht des Oberhauses ist der Gesellschaft auch der Verstand abhanden gekommen. Sie nehme ich da aus, Peter. Sie haben Talente. Es ist ein Jammer, daß Sie sie nicht in der Politik zur Geltung bringen.»

«Aber Verehrteste, Gott behüte!»

«Vielleicht haben Sie nach Lage der Dinge sogar recht. Zu meiner Zeit, da gab es noch Giganten. Der gute Disraeli! Ich erinnere mich noch so genau, wie wir ihn alle zu kapern versucht haben, nachdem seine Frau gestorben war – Medway war das Jahr zuvor gestorben –, aber er war ja so von dieser dummen Bradford eingewickelt, die noch nie eine Zeile aus seinen Büchern gelesen hatte und sowieso nichts davon verstanden hätte. Jetzt kandidiert Abcock für Midhurst und heiratet Sylvia!»

«Sie haben mich gar nicht zur Hochzeit eingeladen, liebe Herzogin. Ich bin ja so verletzt», seufzte Seine Lordschaft.

«Du meine Güte, Junge – *ich* habe doch die Einladungen nicht verschickt, aber ich nehme an, Ihr Bruder und seine nervtötende Frau werden dabeisein. Sie müssen natürlich auch kommen, wenn Sie möchten. Ich hatte ja keine Ahnung, daß Sie eine Schwäche für Hochzeiten haben.»

«Nein?» meinte Peter. «Ich habe eine Schwäche für *diese* Hochzeit. Ich möchte Lady Sylvia so gern in weißer Seide mit Familienschmuck sehen und mich wehmütig an die Zeit erinnern, als mein Foxterrier einmal die Füllung aus ihrer Puppe gerissen hat.»

«Nun gut, mein Lieber, das sollen Sie. Kommen Sie früh und stärken Sie mir den Rücken. Was den Schmuck angeht – wenn es nicht Familientradition wäre, würde Sylvia die Diamanten gar nicht tragen. Sie besitzt die Unverschämtheit, an ihnen herumzumäkeln.»

«Ich dachte, sie gehörten zu den schönsten, die es überhaupt gibt.»

«Das stimmt auch. Aber sie sagt, die Fassungen seien häßlich und altmodisch, und überhaupt möge sie keine Diamanten, und sie paßten nicht zu ihrem Kleid. So ein Unsinn. Wer hat denn je von einem Mädchen gehört, das keine Diamanten mag? Sie will irgendwie romantisch und verklärt in Perlen gehen. Ich weiß nichts mit ihr anzufangen.»

«Ich verspreche, die Diamanten zu bewundern», sagte Lord Peter, «und werde von meinem Vorrecht der Kinderfreundschaft Gebrauch machen und ihr sagen, daß sie eine Gans ist. Ich würde sie mir ja gern mal ansehen. Wann kommen sie aus dem Kühlraum?»

«Mr. Whitehall holt sie am Vorabend der Hochzeit von der Bank», sagte die Herzogin, «und dann kommen sie in den Safe in meinem Zimmer. Kommen Sie um zwölf Uhr, und Sie dürfen sie privat besichtigen.»

«Das wäre wunderbar. Sie geben aber gut acht, daß sie nicht im Laufe der Nacht verschwinden, ja?»

«Ach Gott, das Haus wird von Polizei nur so wimmeln. Das ist so lästig. Aber ich fürchte, da kann man nichts machen.»

«Oh, ich halte es für eine gute Sache», sagte Peter. «Ich habe irgendwie eine ungesunde Schwäche für Polizisten.»

Am Morgen des Hochzeitstages verwandelte sich Lord Peter unter Bunters Händen in ein wahres Wunder an Eleganz. Sein primelgelbes Haar, schon ein exquisites Kunstwerk für sich, unter dem glänzenden Zylinder zu verstecken, kam einem Einsperren der Sonne selbst in einen Schrein von polierter Pechkohle gleich; seine Gamaschen, Hose und blitzenden Schuhe bildeten eine monochromatische Farbsymphonie. Nur durch flehentliches Bitten konnte er seinem Tyrannen die Erlaubnis abringen, wenigstens zwei kleine Fotos und einen ausländischen Brief in die Brusttasche stecken zu dürfen. Mr. Bunter, ebenso makellos ausstaffiert, stieg nach ihm ins Taxi. Pünktlich zur Mittagsstunde wurden sie unter der gestreiften Markise abgesetzt, die den Eingang zum Haus der Herzogin von Medway im Park Lane zierte. Bunter verschwand prompt in Richtung Hintereingang, während Seine Lordschaft die Treppe hinaufging und zur Herzoginwitwe vorgelassen zu werden begehrte.

Das Gros der Gäste war noch nicht da, aber das Haus wimmelte von aufgeregten Menschen, die mit Blumen und Gesangbüchern dahin und dorthin huschten, während das Geklapper von Geschirr und Bestecken aus dem Speisesaal die Vorbereitungen zu einem üppigen Hochzeitsfrühstück verriet. Lord Peter wurde in den Morgensalon geführt, während der Diener ihn anmelden ging, und hier traf er einen sehr guten Freund und treuen Kollegen, Kriminalinspektor Parker, der in Zivil dastand und über einer kostbaren Sammlung weißer Elefanten Wache hielt. Lord Peter begrüßte ihn mit einem herzlichen Händedruck.

«Alles soweit in Ordnung?»

«Bestens.»

«Hast du meine Nachricht bekommen?»

«Klare Sache. Drei meiner Leute beschatten deinen Freund in der Guilford Street. Dem Mädchen begegnet man hier auf Schritt und Tritt. Bürstet der alten Dame die Perücke auf und so weiter. Ein bißchen kokett, die Kleine, wie?»

«Du überraschst mich», sagte Lord Peter. «Nein –» als sein Freund sarkastisch grinste –, «du überraschst mich wirklich. Meinst du das ernst? Das würde nämlich alle meine Kalkulationen über den Haufen werfen.»

«Nein, nein. Nur frecher Blick und flinke Zunge, sonst nichts.»

«Keine Klagen über die Arbeit?»

«Ich habe keine gehört. Was hat dich eigentlich auf diese Spur gebracht?»

«Ein blanker Zufall. Natürlich kann ich mich gründlich irren.»

«Hast du Informationen aus Paris?»

«Ich wollte, du würdest nicht immer diese Redewendung gebrauchen», sagte Lord Peter zänkisch. «Klingt so nach Yard – so yardisch. Eines Tages verrätst du dich noch mal damit.»

«Entschuldige», sagte Parker. «Meine zweite Natur, vermutlich.»

«Vor diesen Dingen muß man sich hüten», entgegnete Seine Lordschaft mit einem Ernst, der ein wenig fehl am Platz wirkte. «Man kann noch so gut auf alles achten, nur nicht auf die Streiche, die einem die zweite Natur spielt.» Er ging zum Fenster hinüber, von dem aus man den Lieferanteneingang sah. «Hallo!» sagte er. «Da ist ja unser Vogel.»

Parker trat zu ihm und sah den adretten Herrenschnitt der Französin von der Gare St.

Lazare, gekrönt mit einem adretten schwarzen Band mit Schleife. Ein Mann mit einem Korb voller weißer Narzissen hatte geläutet und schien nun seine Ware anbringen zu wollen. Parker öffnete behutsam das Fenster, und sie hörten Célestine mit deutlichem französischem Akzent sagen: «Nein, 'eute nichts, viele Dank.» Der Mann aber ließ sich, wie es dieser Leute Art ist, in seinem monotonen Geleier nicht unterbrechen und versuchte ihr einen Strauß von den weißen Blumen in den Arm zu drücken, doch sie stieß sie mit einem ärgerlichen Ausruf wieder in den Korb, wich mit hochgeworfenem Kopf zurück und knallte die Tür zu. Der Mann trat brummelnd ab, und während er von dannen zog, löste sich ein magerer, ungesund aussehender Müßiggänger mit karierter Kappe von einem Laternenpfahl auf der gegenüberliegenden Straßenseite und schlenderte ihm nach, wobei er einen Blick zum Fenster hinaufwarf. Mr. Parker sah Lord Peter an, nickte und gab mit der Hand ein verstecktes Zeichen. Sofort nahm der Mann mit der karierten Mütze seine Zigarette aus dem Mund, drückte sie aus, steckte sich die Kippe hinters Ohr und ging fort, ohne noch einen Blick zurückzuwerfen.

«Sehr interessant», sagte Lord Peter, kaum daß beide außer Sicht waren. «Horch!»

Über ihnen hörte man aufgeregte Schritte, einen Schrei, dann allgemeinen Tumult. Die beiden Männer sprangen zur Tür, gerade als die Braut, gefolgt von ihrer Brautjungfernschar, in wilder Verzweiflung die Treppe heruntergerannt kam und unter hysterischem Kreischen verkündete: «Die Diamanten! Gestohlen! Sie sind fort!»

Augenblicklich war das ganze Haus in Aufruhr. Dienstboten und Lieferanten drängten in die Halle. Der Brautvater kam in einer prächtigen weißen Weste, doch ohne Jackett, aus seinem Zimmer gestürmt; die Herzogin von Medway stürzte sich auf Parker und verlangte, daß etwas geschehe, während der Butler, der die Schande bis an sein Lebensende nicht überwand, aus dem Anrichteraum gerannt kam, einen Korkenzieher in der einen Hand und in der andern eine unbezahlbare Flasche uralten Portweins, die er schüttelte wie ein Stadtausschreier seine Glocke. Den einzigen würdigen Auftritt bot die Herzoginwitwe von Medway, die wie ein Schiff unter vollen Segeln herunterkam, Célestine mit sich schleppend und sie ermahnend, nicht albern zu sein.

«Sei still, Mädchen», sagte die Herzoginwitwe. «Man glaubt sonst noch, du solltest ermordet werden.»

«Erlauben Sie, Euer Gnaden», sagte Mr. Bunter, der plötzlich in seiner gewohnt unbeirrbaren Art von irgendwoher aus dem Nichts auftauchte und die aufgeregte Célestine fest am Arm packte. «Beruhigen Sie sich, junge Frau.»

«Aber was sollen wir denn jetzt *tun*?» rief die Brautmutter. «Wie konnte das geschehen?»

Genau in diesem Augenblick trat Kriminalinspektor Parker auf die Bühne. Es war der beeindruckendste und dramatischste Augenblick in seiner ganzen Laufbahn. Seine fabelhafte Gelassenheit beschämte die wehklagende Aristokratie, die ihn umstand.

«Euer Gnaden», sagte er, «es besteht kein Grund zur Besorgnis. Unsere Maßnahmen wurden schon ergriffen. Wir haben die Diebe und die Juwelen, dank Lord Peter Wimsey, von dem wir eine Infor –»

«Charles!» sagte Lord Peter mit drohender Stimme.

«– eine Warnung über den geplanten Diebstahlversuch erhalten haben. Einer unserer Leute bringt soeben den männlichen Teil des Verbrecherpaars zum Vordereingang, nachdem wir ihn mit Euer Gnaden Diamanten in seinem Besitz ertappt haben.» (Alle drehten sich um, und wirklich sah man in diesem Augenblick den Müßiggänger mit der karierten Mütze und einen uniformierten Konstabler eintreten, zwischen sich den Blumenverkäufer.) «Seine Komplizin, die das Schloß zu Euer Gnaden Safe geknackt hat, ist – hier! O nein, das lassen Sie schön bleiben», fügte er hinzu, als Célestine inmitten eines unflätigen Wortschwalls, den zu verstehen glücklicherweise niemand genug Französisch konnte, einen Revolver aus dem Ausschnitt ihres züchtigen schwarzen Kleides zu reißen versuchte. «Célestine Berger», fuhr er fort, indem er die Waffe einsteckte, «ich verhafte Sie im Namen des Gesetzes und belehre Sie, daß alles, was Sie aussagen, festgehalten wird und gegen Sie verwendet werden kann.»

«Der Himmel steh uns bei», sagte Lord Peter. «Das Dach würde vom Gerichtsgebäude fliegen. Und du hast den falschen Namen, Charles. Meine Damen und Herren, erlauben Sie mir, Ihnen Jacques Lerouge vorzustellen, bekannt als Sans-culotte, den jüngsten und raffiniertesten Dieb, Safeknacker und Frauenimitator, der je eine Akte im Palais de Justice zierte.»

Die Anwesenden hielten die Luft an. Jacques Lerouge ließ einen leisen Fluch vernehmen und schnitt Lord Peter eine boshafte Grimasse.

«C'est parfait», sagte er. «Toutes mes félicitations, Mylord, das nennt man gute Arbeit, wie? Und jetzt erkenne ich auch ihn», fügte er hinzu, indem er Bunter angrinste, «diesen ach so geduldigen Engländer, der in der *gare St. Lazare* hinter uns in der Schlange stand. Aber sagen Sie mir bitte, woran Sie mich erkannt haben, damit ich es besser machen kann, *nächstes* Mal.»

«Wie ich vorhin schon dir gegenüber erwähnte, Charles», sagte Lord Peter, «ist es das unkluge Zurückfallen in Sprachgewohnheiten, das einen verrät. In Frankreich zum Beispiel wird jeder Junge dazu erzogen, männliche Adjektive zu verwenden, wenn er von sich selbst spricht. Er sagt: Que je suis beau! Ein kleines Mädchen hingegen bekommt eingebleut, daß es weiblich ist; es muß sagen: Que je suis belle! Das muß einem Frauenimitator das Leben ganz schön schwer machen. Und wenn ich dann am Bahnhof stehe und eine aufgeregte junge Frau zu ihrem Begleiter sagen höre: ‹Me prends-tu pour un imbécile?› – dann erregt der männliche unbestimmte Artikel meine Neugier. So war das», schloß er kurz und bündig. «Danach brauchte ich nur noch Bunter ein Foto machen zu lassen und mich mit unsern Freunden bei der Sûreté und bei Scotland Yard in Verbindung zu setzen.»

Jacques Lerouge verbeugte sich wieder. «Ich beglückwünsche Sie noch einmal, Mylord. Er ist der einzige Engländer, dem ich je begegnet bin, der unsere schöne Sprache zu würdigen versteht. Ich werde dem fraglichen Artikel künftig große Aufmerksamkeit schenken.»

Die Herzoginwitwe von Medway näherte sich Lord Peter mit furchtbarem Blick.

«Peter», sagte sie, «wollen Sie damit sagen, Sie *wußten* das und haben es zugelassen, daß ich die letzten drei Wochen von einem *jungen Mann* an- und ausgekleidet und zu Bett gebracht wurde?»

Seine Lordschaft hatte den Anstand, zu erröten.

«Herzogin», sagte er zerknirscht, «bei meiner Ehre, bis heute morgen wußte ich es nicht absolut sicher. Und die Polizei wollte diese Leute doch unbedingt auf frischer Tat ertappen. Womit kann ich meine Reue beweisen? Soll ich das privilegierte Scheusal in Stücke reißen?»

Der grimmige alte Mund entspannte sich ein wenig.

«Immerhin», sagte die Herzoginwitwe in dem vergnüglichen Bewußtsein, ihre Schwiegertochter zu schockieren, «gibt es sehr wenige Frauen meines Alters, die sich dessen rühmen können. Es scheint doch, wir sterben, wie wir gelebt haben, mein Lieber.»

Denn die Herzoginwitwe von Medway hatte zu ihrer Zeit wahrlich einen Ruf gehabt.

Der phantastische Greuel
mit der Katze im Sack

Die große Straße nach Norden wand sich als ein flaches, stahlgraues Band durch die Landschaft. Auf ihr flitzten, mit Sonne und Wind im Rücken, zwei schwarze Pünktchen dahin. Der Bauernknecht mit seinem Heuwagen sah in ihnen nur wieder «zwei von diesen vermaledeiten Motorradfahrern», die da kurz hintereinander an ihm vorbeidonnerten. Ein Stückchen weiter mußte ein Familienvater, der seinen Zweisitzer behutsam durch die Gegend lenkte, wehmütig lächeln ob des scharfen Knatterns der Norton mit ihren obengesteuerten Ventilen, gefolgt vom katzenhaft hohen Kreischen eines zornigen Scott Flying-Squirrel. In seinen Junggesellentagen hatte auch er an dieser immerwährenden Fehde teilgehabt. Mit einem bedauernden Seufzer sah er den beiden Rennmaschinen nach, wie sie, rasch kleiner werdend, in Richtung Norden entschwanden.

An der ekligen und unerwarteten S-Kurve über die Brücke oberhalb von Hatfield drehte der Norton-Fahrer sich hochgemut nach seinem Verfolger um und winkte trotzig zurück. In dieser Sekunde tauchte vor ihm auf der Brücke ein riesiges Ungetüm in Gestalt eines vollbesetzten Omnibusses auf. Im letzten Moment umkurvte er schlingernd das Hindernis, und die Scott konnte mit einem tollkühnen Zickzackmanöver, bei dem der linke und rechte Fußraster abwechselnd den Asphalt streiften, ein paar triumphale Meter aufholen. Die Norton machte mit Vollgas einen Satz nach vorn. Eine Gruppe Kinder rannte, von Panik erfaßt, plötzlich kopflos über die Straße. Die Scott schlängelte sich wild schleudernd zwischen ihnen hindurch. Dann war die Straße wieder frei, und die Jagd begann von vorn.

Es ist nicht bekannt, warum Automobilisten, die so gern das Glück der freien Straße besingen, an jedem Wochenende soviel Benzin verfahren, um sich mühsam nach Southend, Brighton und Margate zu quälen, einer im Auspuffgestank des andern, eine Hand an der Hupe, einen Fuß auf dem Bremspedal, mit fast aus den Höhlen quellenden Augen ängstlich nach Polizisten spähend und jederzeit mit unübersichtlichen Kurven, Kuppen und selbstmörderischen Kreuzungen rechnend. In stummer Verbissenheit fahren sie dahin und hassen einander. Sie kommen mit zerfetzten Nerven an und kämpfen um Parkplätze. Dann fahren sie zurück, geblendet von den Scheinwerfern der Neuankömmlinge, die sie noch mehr hassen als ihresgleichen. Und gleichzeitig windet sich die große Straße nach Norden als ein flaches, stahlgraues Band dahin – einer Rennbahn gleich, ohne Hindernisse, Hecken, Straßeneinmündungen und Verkehr. Gewiß, sie führt nirgendwohin im besonderen; aber schließlich ist doch ein Wirtshaus so ziemlich wie das andere.

Die Straße jagte unter ihnen zurück, Meile um Meile. Die scharfe Rechtskurve bei Baldock und die unübersichtlichen Ecken in Biggleswade mit ihrem Schilderwald zwangen zu einer vorübergehenden Tempoverminderung, aber sie brachten den Verfolger nicht näher. Mit Vollgas, brüllender Hupe und donnerndem Auspuff ging es durch Tempsford, dann kreischend wie ein Orkan am Posten des Royal Automobile Club vorbei, wo die Straße von Bedford einmündet. Der Norton-Fahrer warf erneut einen Blick nach hinten; der Scott-Ritter drückte von neuem wütend auf die Hupe. Flach wie ein Schachbrett drehten sich die von Gräben durchzogenen Felder um den Horizont.

Der Konstabler von Eaton Socon war durchaus kein eingefleischter Motorfeind. Er war sogar eben erst von seinem Fahrrad gestiegen, um dem Mann von der Automobile Association, der an der Kreuzung Dienst tat, guten Tag zu sagen. Aber er war gerecht und gottesfürchtig. Der Anblick zweier Irrer, die da mit siebzig Meilen pro Stunde in seinen Bezirk gerast kamen, war mehr, als man von ihm zu dulden erwarten konnte – zumal gerade in diesem Augenblick der örtliche Friedensrichter in einem Einspänner vorbeifuhr. Also trat er mitten auf die Straße und breitete gebieterisch die Arme aus. Der Norton-Fahrer hielt Umschau, sah die Straße jenseits des Hindernisses von dem Einspänner und einer Zugmaschine blockiert und schickte sich in das Unvermeidliche. Er warf den Gashebel zurück, trat auf die quietschenden Bremsen und kam rutschend zum Stehen. Die Scott hatte genug Vorwarnzeit gehabt und näherte sich sittsam und leise wie ein schnurrendes Kätzchen.

«Also», sagte der Konstabler in tadelndem Ton, «wissen Sie wirklich nichts Besseres, als hier mit hundert Sachen in den Ort einzufahren? Sie sind doch hier nicht auf der Rennbahn, wie? So was hab ich also mein Lebtag noch nicht gesehen. Ihre Namen und Papiere, wenn's gefällig ist. Sie können bezeugen, Mr. Nadgett, daß die beiden über achtzig gefahren sind.»

Der A.A.-Mann warf rasch einen Blick auf die beiden Lenkstangen, um sich zu vergewissern, daß die schwarzen Schafe nicht von seiner Herde waren, und sagte im Ton unparteiischer Genauigkeit: «Etwa sechsundsechzigeinhalb Meilen, würde ich sagen, wenn ich vor Gericht danach gefragt würde.»

«Hör mal, du Komiker», wandte der Scott-Fahrer sich entrüstet an den Norton-Fahrer, «kannst du mir in drei Teufels Namen mal sagen, warum du nicht angehalten hast, wie du mich hast hupen hören? Dreißig Meilen bin ich dir mit deiner blöden Tasche nachgefahren. Kannst du dich nicht selber um dein verdammtes Gepäck kümmern?»

Er zeigte auf eine kleine, kompakte Reisetasche, die mit Schnur an seinem Gepäckträger festgebunden war.

«Das da?» versetzte der Norton-Fahrer verächtlich. «Die gehört mir nicht. Hab sie noch nie im Leben gesehen.»

Dieses unverfrorene Leugnen verschlug dem Scott-Fahrer zunächst einmal die Sprache.

«Das ist ja wohl –» stieß er hervor. «Du Vollidiot, ich hab sie doch bei dir runterfallen sehen, kurz hinter Hatfield. Ich hab gerufen und gehupt wie verrückt. Aber anscheinend macht dein obengesteuertes Ding da so einen Krach, daß du nichts anderes mehr hörst. Ich mache mir extra die Mühe, deinen Krempel aufzuheben und dir damit nachzufahren, und dir fällt nichts Gescheiteres ein, als loszurasen wie ein Irrer und mich in eine Polizeifalle zu locken. Das ist der Dank, das hat man davon, wenn man Verrückten auf der Straße einen Gefallen tun will.»

«Das tut alles nichts zur Sache», sagte der Polizist. «Bitte Ihren Führerschein, Sir.»

«Hier», sagte der Scott-Fahrer wütend, indem er seine Brieftasche herausriß. «Mein Name ist Walters, und das war das letzte Mal, daß ich versucht habe, jemandem einen Gefallen zu tun, darauf können Sie Gift nehmen.»

«Walters», wiederholte der Konstabler, während er die Angaben gewissenhaft in sein Notizbuch eintrug, «und Simpkins. Sie werden zu gegebener Zeit Ihre Vorladungen bekommen. Dürfte ungefähr in einer Woche sein, Montag oder so, könnte ich mir denken.»

«Wieder zwei Pfund zum Teufel», knurrte Simpkins, mit dem Gaszug spielend. «Aber da kann man wohl nichts machen.»

«Zwei Pfund?» schnaubte der Konstabler. «Sie haben Vorstellungen! Rücksichtslose Raserei und Gefährdung der Allgemeinheit war das hier. Sie können von Glück reden, wenn Sie jeder mit fünf Pfund davonkommen.»

«Ach, zum Teufel!» erwiderte der andere, wobei er wütend auf den Kickstarter trat. Brüllend erwachte der Motor, aber Mr. Walters schwenkte geschickt seine Maschine der Norton in den Weg.

«Von wegen!» sagte er gehässig. «Du nimmst gefälligst deine schmierige Tasche mit, verstanden? Ich hab nämlich *gesehen*, wie sie dir runtergefallen ist.»

«Bitte keine Kraftausdrücke», begann der Konstabler, als ihm plötzlich auffiel, wie der

A.A.-Mann die Tasche ganz merkwürdig anschaute und ihm Zeichen machte.

«Hoppla», sagte er. «Was ist denn mit dieser – sagten Sie ‹schmierige Tasche›? Sie, diese Tasche möchte ich mir gern mal ansehen, Sir, wenn Sie nichts dagegen haben.»

«Mich geht sie ja nichts an», sagte Mr. Walters, indem er ihm die Tasche reichte. «Ich hab sie runterfallen sehen und –» Die Worte blieben ihm in der Kehle stecken, und sein Blick richtete sich starr auf eine Ecke der Tasche, wo etwas Feuchtes, Schreckliches, dunkel heraussickerte.

«Ist Ihnen die Ecke da aufgefallen, als Sie die Tasche aufhoben?» fragte der Konstabler. Er tupfte vorsichtig auf die Ecke und besah sich seinen Finger.

«Ich weiß nicht – nein – nicht besonders», stammelte Walters. «Mir ist überhaupt nichts aufgefallen. Ich – ich denke, daß sie aufgeplatzt ist, als sie auf die Straße fiel.»

Der Konstabler zog stumm die geplatzte Naht auseinander, dann drehte er sich hastig um und scheuchte ein paar junge Frauen fort, die neugierig stehengeblieben waren. Der A.A.-Mann sah jetzt näher hin und zuckte unter einem Anfall von Übelkeit zurück.

«O Gott!» stöhnte er. «Es ist lockig – von einer Frau.»

«Ich habe nichts damit zu tun!» kreischte Simpkins. «Ich schwöre beim Himmel, das Ding gehört mir nicht. Dieser Kerl will mir das nur anhängen.»

«Ich?» keuchte Walters. «Ich? Jetzt hör mal, du Dreckskerl, du Mörder, ich sag dir, ich hab's von deinem Gepäckträger runterfallen sehen. Kein Wunder, daß du abgehauen bist, wie du mich hast kommen sehen. Verhaften Sie ihn, Konstabler. Sperren Sie ihn ein –»

«Hallo, Konstabler!» sagte eine Stimme hinter ihnen. «Was gibt's hier so Aufregendes? Sie haben nicht zufällig einen Motorradfahrer mit einer kleinen Reisetasche auf dem Gepäckträger vorbeifahren sehen, wie?»

Ein großer offener Wagen mit unglaublich langer Motorhaube war lautlos wie ein Schatten herangefahren. Die ganze aufgeregte Gesellschaft drehte sich nach dem Fahrer um.

«Ist sie das vielleicht, Sir?»

Der Autofahrer nahm seine Schutzbrille ab, und darunter kamen eine lange, schmale

Nase und ein Paar ziemlich zynisch dreinblickender grauer Augen zum Vorschein.

«Sieht fast so —» begann er, da fiel sein Blick auf den grausigen Inhalt, der aus einer Ecke herausschaute. «Um Gottes willen», entfuhr es ihm. «Was ist denn das?»

«Das möchten wir auch gern wissen, Sir», sagte der Konstabler grimmig.

«Hm», machte der Autofahrer, «ich scheine mir einen ungemein günstigen Moment ausgesucht zu haben, um mich nach meiner Tasche zu erkundigen. Wie taktlos. Jetzt zu sagen, daß es nicht meine ist, wäre leicht, allerdings nicht sehr überzeugend. Sie gehört mir natürlich wirklich nicht, und ich darf sagen, wenn sie mir gehörte, hätte ich es sicher nicht eilig gehabt, ihr nachzufahren.»

Der Konstabler kratzte sich am Kopf.

«Diese beiden Herren —» begann er.

Beide Motorradfahrer begannen gleichzeitig, temperamentvoll ihre Zuständigkeit zu bestreiten. Inzwischen hatte sich ein kleiner Menschenauflauf gebildet, den der A.A.-Mann hilfsbereit zu zerstreuen versuchte.

«Sie müssen alle mit mir aufs Revier kommen», erklärte der geplagte Konstabler. «Wir können hier nicht herumstehen und den Verkehr aufhalten. Und bitte keine Tricks. Sie beide werden Ihre Motorräder schieben, und ich fahre bei Ihnen im Wagen mit, Sir.»

«Und wenn ich nun Gas gebe und Sie entführe?» entgegnete der Autofahrer grinsend. «Was machen Sie dann? He, Sie», wandte er sich an den A.A.-Mann, «werden Sie mit so einem Ding fertig?»

«Darauf können Sie sich verlassen», antwortete der Straßenwachtmann, wobei sein Blick verliebt über den langen, geschwungenen Auspuff und das schnittige Profil des Wagens glitt.

«Schön. Dann steigen Sie ein. Sie, Konstabler, können mit den andern zu Fuß laufen und ein Auge auf sie haben. Wie ich doch an alle Kleinigkeiten denke, nicht? Übrigens, die Fußbremse spricht ein bißchen hart an. Treten Sie nicht zu fest darauf, sonst erleben Sie Ihr blaues Wunder.»

Inmitten riesigen Aufsehens, wie es in den ruhigen Annalen von Eaton Socon bis dahin unbekannt war, wurde das Schloß der Reisetasche auf dem Revier aufgebrochen und ihr grausiger Inhalt pietätvoll auf einen Tisch gelegt. Außer einer Menge Mull, in die er gewickelt gewesen war, fand sich nichts, was irgendwie zur Lösung des Rätsels hätte beitragen können.

«So», sagte der Polizeichef, «und was wissen die Herren nun über diese Geschichte?»

«Überhaupt nichts», antwortete Simpkins mit einer schrecklichen Grimasse, «nur daß der Kerl da versucht hat, mir das Ding anzuhängen.»

«Ich hab's kurz hinter Hatfield bei diesem Mann vom Gepäckträger fallen sehen», wiederholte Mr. Walters unbeirrt, «und dann bin ich ihm dreißig Meilen weit nachgefahren und hab versucht, ihn anzuhalten. Mehr weiß ich darüber nicht, und ich wollte bei Gott, ich hätte das scheußliche Ding nie angefaßt.»

«Auch ich weiß persönlich nichts darüber», erklärte der Autofahrer, «aber ich glaube, ich habe eine Ahnung, was es ist.»

«Was soll das heißen?» fragte der Polizeichef in scharfem Ton.

«Ich könnte mir vorstellen, daß es der Kopf der Leiche vom Finsbury Park ist – aber wohlgemerkt, das ist nur eine Vermutung.»

«Genau dasselbe habe ich gerade auch gedacht», stimmte der Polizeichef ihm mit einem Blick auf die Tageszeitung auf seinem Tisch zu, deren Schlagzeilen über die gespenstischen Details dieses gräßlichen Verbrechens Auskunft gaben, «und wenn das so ist, muß man Ihnen, Konstabler, zu einem sehr wichtigen Fang gratulieren.»

«Danke, Sir», sagte der geschmeichelte Konstabler und salutierte.

«Und nun muß ich Ihrer aller Aussagen aufnehmen», sagte der Polizeichef. «Halt, nein; zuerst werde ich noch den Konstabler hören. Also, Briggs?»

Nachdem der Konstabler, der A.A.-Mann und die beiden Motorradfahrer ihre Erklärungen abgegeben hatten, wandte der Polizeichef sich dem Autobesitzer zu.

«Und was können *Sie* nun dazu sagen?» fragte er. «Aber zuerst Ihren Namen und Ihre Adresse.»

Der andere zückte eine Visitenkarte, die der Polizeichef abschrieb und ihrem Besitzer respektvoll zurückreichte.

«Eine Tasche von mir, in der sich kostbarer Schmuck befand, wurde gestern in Piccadilly aus meinem Wagen gestohlen», begann der Autofahrer. «Sie sieht dieser hier sehr ähnlich, hat aber ein Zahlenschloß. Ich habe über Scotland Yard Erkundigungen einziehen lassen und heute die Meldung erhalten, daß gestern eine Tasche sehr ähnlichen Aussehens am Bahnhof Paddington bei der Gepäckaufbewahrung aufgegeben wurde. Ich eilte sofort hin und erfuhr von dem Beamten, daß die Tasche kurz vor Eintreffen der polizeilichen Warnung von einem Mann in Motorradkleidung abgeholt worden sei. Ein Gepäckträger sagte, er habe den Mann aus dem Bahnhof gehen sehen, und ein Eckensteher hatte ihn auf einem Motorrad davonfahren sehen. Das war etwa eine Stunde zuvor gewesen. Die Sache erschien ziemlich hoffnungslos, denn natürlich hatte sich niemand auch nur die Marke des Motorrads gemerkt, geschweige denn die Nummer. Zum Glück war da aber noch ein aufgewecktes kleines Mädchen. Dies aufgeweckte kleine Mädchen hatte sich vor dem Bahnhof herumgetrieben und gehört, wie ein Motorradfahrer sich bei einem Taxifahrer nach dem schnellsten Weg nach Finchley erkundigte. Ich überließ es der Polizei, den Taxifahrer ausfindig zu machen, und fuhr selbst los, und in Finchley traf ich einen intelligenten jungen Pfadfinder. Er hatte einen Motorradfahrer mit einer Tasche auf dem Gepäckträger gesehen und ihm zugewinkt und gerufen, daß der Riemen locker sei. Der Motorradfahrer sei abgestiegen, habe den Riemen festgezogen und sei geradewegs die Straße nach Chipping Barnet hinaufgefahren. Der Junge war zu weit weg gewesen, um die Motorradmarke zu erkennen – mit Sicherheit wußte er nur, daß es keine Douglas war, denn so eine habe sein Bruder. In Barnet hörte ich eine merkwürdige kleine Geschichte von einem Mann in Motorradkleidung, der bleich wie ein Gespenst in ein Wirtshaus getaumelt sei, zwei doppelte Cognac getrunken habe, wieder hinausgegangen und wie die wilde Jagd davongefahren sei. Nummer? – Natürlich wieder nicht. Das Mädchen an der Bar hat mir die Geschichte erzählt. *Sie* hat die Nummer doch nicht gesehen. Daraufhin konnte ich nur noch losrasen wie ein Verrückter. Hinter Hatfield wurde mir dann etwas von einem Straßenrennen erzählt. Und nun sind wir hier.»

«Mir scheint, Mylord», sagte der Polizeichef, «daß an diesem Rennen nicht nur eine Seite beteiligt war.»

«Ich geb's ja zu», antwortete der andere,

«obschon ich als mildernden Umstand anführen möchte, daß ich Frauen und Kinder geschont und nur auf freier Straße das Gaspedal durchgetreten habe. Im Augenblick aber geht es –»

«Nun, Mylord», sagte der Polizeichef, «ich habe Ihre Aussage gehört, und wenn sie stimmt, läßt sie sich ja durch Nachfragen in Paddington und Finchley und so weiter bestätigen. Nun zu diesen beiden Herren –»

«Es ist doch wohl klar», unterbrach ihn Mr. Walters, «daß die Tasche diesem Mann da vom Gepäckträger gefallen ist, und als er mich hinter sich herkommen sah, dachte er, das wäre eine gute Gelegenheit, mir das verdammte Ding an den Hals zu hängen. Klarer kann doch gar nichts mehr sein.»

«Das ist gelogen», versetzte Mr. Simpkins. «Der Kerl da ist irgendwie an die Tasche herangekommen – ich will nicht wissen, wie, aber ich kann es mir denken –, und da hatte er die schlaue Idee, mir die Sache anzuhängen. Man kann ja leicht *behaupten*, einem andern wäre was vom Gepäckträger gefallen. Wo ist der Beweis? Wo ist der Riemen? Wenn das wahr wäre, was er sagt, müßte der Riemen ja noch an meinem Motorrad sein.

Die Tasche war aber auf *seinem* Motorrad – festgebunden, ganz fest.»

«Ja, mit einer Schnur», entgegnete der andere. «Wenn ich jemanden umgebracht und mich mit dem Kopf aus dem Staub gemacht hätte, meinen Sie, ich wäre so dämlich, ihn mit einem Stück Bindfaden für zwei Penny festzubinden? Der Riemen hat sich gelöst und ist irgendwo auf die Straße gefallen; so war das mit dem Riemen.»

«Nun passen Sie mal auf», sagte der Mann, der mit «Mylord» angesprochen worden war, «ich habe da eine Idee, falls sie was taugt. Angenommen, Herr Polizeichef, Sie trommeln so viele von Ihren Leuten zusammen, wie Sie es für nötig halten, um drei zum äußersten entschlossene Verbrecher zu bewachen, und wir fahren alle zusammen nach Hatfield. Ich kann mit knapper Not zwei Mann in meinem Wagen unterbringen, und sicher haben Sie ein Polizeiauto. *Wenn* dieses Ding von einem Gepäckträger gefallen ist, könnte ja noch jemand außer Mr. Walters das gesehen haben.»

«Hat aber keiner», erklärte Mr. Simpkins.

«War keine Menschenseele weit und breit», sagte Mr. Walters, «aber woher weißt *du*, daß keiner da war, he? Ich denke, du hast von allem überhaupt keine Ahnung.»

«Ich meine, weil das Ding nicht runtergefallen *ist*, kann es auch keiner runterfallen gesehen haben», fauchte der andere.

«Nun, Mylord», sagte der Polizeichef, «ich neige dazu, Ihren Vorschlag anzunehmen, denn das gibt uns zugleich die Möglichkeit, auch Ihre Aussage zu überprüfen. Wohlgemerkt, ich sage nicht, daß ich daran zweifle, nachdem ich weiß, wer Sie sind. Ich habe einiges über Ihre Detektivarbeit gelesen, Mylord, und das war schon sehr raffiniert, muß ich sagen. Trotzdem wäre es ein Pflichtversäumnis meinerseits, keine Bestätigung dafür einzuholen, wenn es mir möglich ist.»

«Bravo! Vollkommen richtig», sagte Seine Lordschaft. «Die schnellen Truppen an die Front! Wir können es leicht in – das heißt, bei Einhaltung der gesetzlich erlaubten Geschwindigkeit können wir es in nicht viel mehr als anderthalb Stunden schaffen.»

Etwa eine dreiviertel Stunde später fuhren der Rennwagen und das Polizeiauto einträchtig nach Hatfield ein. Von da an übernahm der Viersitzer, in dem Walters und Simpkins einander böse anfunkelten, die Führung, und kurz darauf gab Walters ein Zeichen, und die beiden Wagen hielten an.

«Ungefähr hier war es, wenn ich mich richtig erinnere; hier ist sie runtergefallen», sagte er. «Natürlich sieht man jetzt keine Spur mehr davon.»

«Sind Sie sicher, daß dabei nicht auch ein Riemen runtergefallen ist?» fragte der Polizeichef. «Denn irgend etwas muß sie ja vorher festgehalten haben.»

«Natürlich ist kein Riemen runtergefallen», sagte Simpkins, bleich vor Wut. «Sie haben kein Recht, ihm mit solchen Fragen die Antwort in den Mund zu legen!»

«Moment», sagte Walters bedächtig. «Nein, von einem Riemen war nichts zu sehen. Aber ich erinnere mich dunkel, etwa vier- bis fünfhundert Meter weiter oben etwas auf der Straße gesehen zu haben.»

«Das ist gelogen!» schrie Simpkins. «Das saugt er sich aus den Fingern!»

«Etwa da, wo wir vor ein paar Minuten an dem Mann mit dem Beiwagen vorbeigekommen sind?» fragte Seine Lordschaft. «Ich habe ja gleich gesagt, wir hätten anhalten und ihn fragen sollen, ob wir ihm helfen können, Herr Polizeichef. Sie wissen ja, Höflichkeit im Straßenverkehr und so weiter.»

«Er hätte uns doch nichts sagen können», erwiderte der Polizeichef. «Wahrscheinlich hatte er gerade erst angehalten.»

«Da bin ich nicht so sicher», widersprach der andere. «Ist Ihnen nicht aufgefallen, was er tat? O Gott, o Gott, wo waren Ihre Augen? Hallo – da kommt er ja!»

Er sprang auf die Straße hinaus und winkte dem Beiwagenfahrer zu, der es beim Anblick von vier Polizisten ratsam fand, anzuhalten.

«Entschuldigen Sie», sagte Seine Lordschaft. «Wir wollten Sie eigentlich nur rasch fragen, ob bei Ihnen alles klar ist und so weiter und so fort. Sie verstehen. Wollte vorhin schon anhalten, aber der Gashebel klemmte; kriegte das dämliche Ding nicht zurück. Kleinen Ärger gehabt, wie?»

«Oh, danke, alles bestens in Ordnung; ich wäre Ihnen höchstens dankbar, wenn Sie ein paar Liter Benzin für mich übrig hätten. Der Tank hat sich gelöst. Furchtbar ärgerlich. Hat mir ziemlich zu schaffen gemacht. Zum Glück hat mir die Vorsehung einen abgerissenen Riemen auf die Straße gelegt, damit konnte ich ihn festbinden. Aber er ist ein bißchen aufgeplatzt, da wo der Bolzen abgerissen ist. Kann von Glück sagen, daß es keine Explosion gab. Aber Motorradfahrer haben ihren eigenen Schutzengel.»

«Einen Riemen, so?» meinte der Polizeichef. «Da muß ich Sie leider bitten, mir den mal zu zeigen.»

«Wie?» fragte der andere. «Und gerade hab ich das Ding damit festgebunden! Was zum –? Schon gut, Schatz, schon gut –» dies zu seiner Beifahrerin. «Ist es was Ernstes, Herr Polizeirat?»

«Leider ja, Sir. Tut mir leid, Sie belästigen zu müssen.»

«He!» rief einer der Polizisten, indem er nach allen Regeln der Kunst Mr. Simpkins abfing, der gerade einen Satz über das Wagenheck machen wollte. «Hat keinen Zweck, mein Junge. Das wird Ihnen schlecht bekommen.»

«Kein Zweifel möglich», sagte der Polizeichef triumphierend, indem er den Riemen an sich riß, den ihm der Beiwagenfahrer reichte. «Da steht sogar sein Name drauf. ‹J. SIMPKINS›, groß mit Tinte draufgemalt. Wahrhaftig, Sir, ich bin Ihnen sehr verbunden. Sie haben uns geholfen, einen großen Fang zu machen.»

«Nein! Wer *ist* das denn?» rief die Frau im Beiwagen. «Wie furchtbar aufregend! Geht es um Mord?»

«Lesen Sie morgen die Zeitung, Miss», sagte der Polizeichef, dann können Sie was erfahren. He, Briggs, legen Sie ihm lieber Handschellen an.»

«Und was ist mit meinem Tank?» erkundigte der Mann sich kläglich. «Du kannst das ja meinetwegen aufregend finden, Babs, aber jetzt mußt du aussteigen und mir schieben helfen.»

«Aber nicht doch», sagte Seine Lordschaft. «Hier ist ein Riemen. Ein *viel* schönerer Riemen. Ein richtig erstklassiger Riemen. Und Benzin. *Und* ein schönes Fläschchen. Alles, was ein junger Mann bei sich haben sollte. Und wenn Sie mal nach London kommen, vergessen Sie nicht, mich zu besuchen. Lord Peter Wimsey, Piccadilly 110a. Wird mich jederzeit freuen. Zum Wohl.»

«Prost», sagte der andere, indem er sich, merklich besänftigt, die Lippen abwischte. «Hat mich sehr gefreut, mich nützlich machen zu können. Halten Sie's mir zugute,

Herr Polizeirat, wenn Sie mich das nächste Mal bei einer Geschwindigkeitsüberschreitung erwischen.»

«Was für ein Glück, daß wir den gesehen haben», stellte der Polizeichef selbstzufrieden fest, als sie weiter nach Hatfield hineinfuhren. «Regelrechte Vorsehung, könnte man sagen.»

«Ich will Ihnen reinen Wein einschenken», sagte Simpkins, als er völlig am Boden zerstört, mit gefesselten Händen, wieder auf der Polizeiwache saß. «Ich schwöre bei Gott, ich weiß überhaupt nichts davon – von dem Mord, meine ich. Ich kenne einen Mann, der in Birmingham ein Juweliergeschäft hat. Sehr gut kenne ich ihn nicht einmal. Eigentlich hab ich ihn überhaupt erst letzte Ostern in Southend kennengelernt, und wir haben uns ein bißchen angefreundet. Owen heißt er – Thomas Owen. Er hat mir gestern geschrieben, daß er versehentlich eine Reisetasche bei der Gepäckaufbewahrung von Paddington gelassen hat und ob ich sie für ihn abholen kann – den Aufbewahrungsschein hatte er beigelegt – und ob ich sie ihm bringen könnte, wenn ich das nächste Mal nach da

oben käme. Ich arbeite im Transportgewerbe
– Sie haben ja meine Karte – und fahre immerzu im Land auf und ab. Zufällig mußte
ich gerade heute mit dieser Norton in die
Richtung, da hab ich also gegen Mittag die
Tasche geholt und bin damit losgefahren.
Das Datum auf dem Aufbewahrungsschein
ist mir nicht aufgefallen. Ich weiß nur, daß
ich nichts dafür bezahlen mußte, demnach
kann sie nicht lange dort gewesen sein. Na ja,
dann ging alles genau so, wie Sie sagen, bis
Finchley, da hat mir dann der Junge zugerufen, daß der Riemen locker ist, und ich hab
ihn festgezogen. Und da hab ich gemerkt,
daß die Tasche an einer Ecke aufgeplatzt und
ganz feucht war und – und da – da hab ich
gesehen, was Sie auch gesehen haben. Es hat
mir richtig den Magen umgedreht, und dann
hab ich den Kopf verloren. Ich hatte nur noch
einen Gedanken, und zwar das Ding so
schnell wie möglich loszuwerden. Ich wußte,
daß es auf der Straße nach Norden viele einsame Strecken gibt, also hab ich den Riemen
angeschnitten, fast durch – das war, als ich in
Barnet einen trinken gegangen bin –, und
dann, als ich dachte, es ist niemand in Sichtweite, hab ich nur nach hinten gegriffen und

einen kurzen Ruck gemacht, und weg war die Tasche – mit Riemen und allem; ich hatte ihn nämlich nicht durch die Ösen gezogen. Und wie sie runterfiel, war das für mich, als wenn mir ein großer Stein vom Herzen geplumpst wäre. Wahrscheinlich ist Walters gerade in dem Moment in Sicht gekommen. Ich mußte ein paar Meilen weiter etwas langsamer fahren, weil da gerade Schafe auf eine Wiese getrieben wurden, und da hörte ich ihn hinter mir hupen und – o mein Gott!»

Er vergrub stöhnend den Kopf in die Hände.

«Aha», sagte der Polizeichef von Eaton Socon. «Das ist also Ihre Aussage. Und nun zu diesem Thomas Owen –»

«Ach was», rief Lord Peter Wimsey, «lassen Sie diesen Thomas Owen aus dem Spiel. Das ist nicht der Mann, den Sie suchen. Sie nehmen doch nicht an, daß einer, der einen Mord begangen hat, sich von jemand anderm den Kopf nach Birmingham nachbringen läßt! Der sollte wahrscheinlich schön in der Gepäckaufbewahrung von Paddington bleiben, bis der schlaue Sünder über alle Berge oder der Kopf nicht mehr zu erkennen war oder beides. Dort dürften wir dann übrigens meine Familiensteinchen finden, die Ihr einnehmender Freund Owen mir aus dem Wagen geklaut hat. So, Mr. Simpkins, und jetzt nehmen Sie sich mal zusammen und erzählen uns, wer neben Ihnen an der Gepäckaufbewahrung stand, als Sie die Tasche abholten. Versuchen Sie sich genau zu erinnern, denn diese hübsche kleine Insel ist kein Platz mehr für ihn, und während wir hier herumstehen und reden, besteigt er das nächste Schiff.»

«Ich erinnere mich nicht», ächzte Simpkins. «Mir ist keiner aufgefallen. Mir dreht sich alles im Kopf.»

«Macht nichts. Gehen wir zurück. Denken Sie ruhig nach. Stellen Sie sich vor, wie Sie von Ihrer Maschine gestiegen sind und sie irgendwo angelehnt haben –»

«Nein, ich hab sie auf den Ständer gestellt.»

«Gut! Weiter so. Jetzt überlegen Sie – Sie nehmen den Aufbewahrungsschein aus der Tasche und gehen hin – versuchen, sich dem Schalterbeamten bemerkbar zu machen.»

«Das ging zuerst gar nicht. Da war so eine alte Frau, die wollte einen Kanarienvogel aufgeben, und ein sehr aufgeregter Mann mit

Golfschlägern, der es furchtbar eilig hatte. Er war richtig ungezogen zu so einem stillen kleinen Mann mit – Himmel, ja! Mit einer Reisetasche genau wie dieser da. Ja, so war's. Der kleine Mann hatte sie schon eine ganze Weile auf dem Schaltertisch stehen, und der große stieß ihn einfach beiseite. Ich weiß nicht so genau, was dann passiert ist, denn gerade da wurde mir meine Tasche gegeben. Der große Mann schob sein Gepäck genau vor uns beide hin, und ich mußte darübergreifen – und ich vermute – ja, ich muß dann wohl die falsche Tasche genommen haben. Du lieber Gott! Wollen Sie damit etwa sagen, daß dieser schüchterne kleine Mann, der so unscheinbar aussah, ein Mörder war?»

«So sehen viele aus», warf der Polizeichef von Hatfield ein. «Aber wie *sah* er nun aus – los, sagen Sie schon!»

«Ungefähr einsfünfundsechzig groß, hatte einen Filzhut auf und trug einen staubgrauen Mantel. Sehr gewöhnlich, mit ziemlich schwachen, vorstehenden Augen, glaube ich, aber ich bin mir nicht sicher, ob ich ihn wiedererkennen würde. Ach ja, Moment! An etwas erinnere ich mich noch. Er hatte so eine komische Narbe, halbmondförmig, unter dem linken Auge.»

«Damit ist der Fall klar», sagte Lord Peter. «Ich hab's mir ja schon gedacht. Haben Sie das – äh – Gesicht erkannt, Herr Polizeichef, als wir es herausnahmen? Nein? Aber ich. Es war Dahlia Dallmeyer, die Schauspielerin, die angeblich vorige Woche nach Amerika abgereist ist. Und der kleine Kerl mit der halbmondförmigen Narbe ist ihr Mann, Philip Storey. Unerquickliche Geschichte und so. Sie hat ihn ruiniert und wie Dreck behandelt und betrogen, aber wie es aussieht, hatte er das letzte Wort. Und jetzt nehme ich an, daß bei ihm die Gerichte das letzte Wort sprechen werden. Setzen Sie mal das Telefon in Betrieb, Herr Polizeichef, und sagen Sie den Leuten in Paddington, sie sollen mir meine Tasche zurückerstatten, bevor Mr. Thomas Owen darauf kommt, daß es da ein kleines Versehen gegeben hat.»

«Na ja, jedenfalls war's ein Klasserennen», sagte Mr. Walters, indem er dem beschämten Mr. Simpkins großmütig die Hand entgegenstreckte. «Das ist die Strafe wert. Ich muß Ihnen dieser Tage mal Revanche geben.»

Am nächsten Morgen in der Frühe ging ein kleiner unscheinbarer Mann an Bord des Transatlantikdampfers *Volucria*. Am oberen Ende der Gangway stießen zwei Männer mit ihm zusammen. Der jüngere der beiden, der eine kleine Reisetasche trug, drehte sich um und wollte sich entschuldigen, als ein Leuchten des Erkennens über sein Gesicht ging.

«Nanu, wenn das nicht Mr. Storey ist!» rief er laut. «Wohin soll's denn gehen? Ich habe Sie ja seit Ewigkeiten nicht mehr gesehen.»

«Ich bedaure», sagte Philip Storey, «aber leider hatte ich noch nicht das Vergnügen –»

«Sparen Sie sich das doch», entgegnete der andere lachend. «Mit dieser Narbe da würde ich Sie überall erkennen. Wollen Sie in die Staaten?»

«Hm, ja», sagte der andere, als er sah, daß die überschwengliche Art seines Bekannten Aufsehen erregte. «Ich muß um Entschuldigung bitten. Lord Peter Wimsey, nicht wahr? Ja. Ich will zu meiner Frau, die schon vorausgefahren ist.»

«Und wie geht's ihr», fragte Wimsey, indem er ihn in Richtung Bar drängte und sich an einen Tisch setzte. «Sie ist vorige Woche schon gefahren, nicht? Ich hab's in der Zeitung gelesen.»

«Ja, sie hat mir ein Telegramm geschickt, ich soll doch nachkommen. Wir – wollen Urlaub machen – an den Großen Seen. Sehr angenehmes Klima dort im Sommer.»

«Telegrafiert hat sie Ihnen? Und nun sind wir hier auf demselben Schiff. Merkwürdige Zufälle gibt es. Ich selbst habe erst in letzter Minute den Befehl bekommen, in See zu stechen. Verbrecherjagd – mein Steckenpferd, Sie wissen ja.»

«Ach, wirklich?» Mr. Storey leckte sich über die Lippen.

«Ja. Und das hier ist Kriminalinspektor Parker von Scotland Yard – ein guter Freund von mir. Ja, ja. Sehr unerfreuliche Geschichte. Ärgerlich. Eine Tasche, die friedlich in der Gepäckaufbewahrung von Paddington hätte ruhen sollen, taucht plötzlich in Eaton Socon auf. Hat doch da nichts zu suchen, oder?»

Er knallte die Tasche so heftig auf den Tisch, daß das Schloß aufsprang.

Storey fuhr mit einem Aufschrei hoch und warf die Arme über die Öffnung der Tasche, als wollte er ihren Inhalt zudecken.

«Wie kommen Sie daran?» schrie er. «Eaton Socon? Das – da war ich noch nie –»

«Es ist meine», sagte Wimsey ruhig, während der unglückselige Mensch begriff, daß er sich verraten hatte, und mutlos auf seinen Stuhl zurücksank. «Ein wenig Schmuck von meiner Mutter. Was hatten Sie denn darin vermutet?»

Kriminalinspektor Parker berührte den Ertappten leicht an der Schulter.

«Darauf brauchen Sie nicht zu antworten», sagte er. «Ich verhafte Sie, Philip Storey, wegen Mordes an Ihrer Frau. Alles, was Sie von jetzt an sagen, kann gegen Sie verwendet werden.»

Die gewissenlose Affäre
mit dem nützlichen Joker

Die *Zambesi* sollte dem Vernehmen nach um sechs Uhr morgens anlegen. Mit Verzweiflung im Herzen buchte Mrs. Ruyslaender ein Zimmer im Hotel Magnifical. Nur noch neun Stunden, bis sie ihren Gatten begrüßen würde. Und dann begann diese gräßliche Wartezeit – Tage, vielleicht Wochen, vielleicht sogar Monate – bis zur unvermeidlichen Entdeckung.

Der Empfangschef drehte ihr das Anmeldebuch hin. Mechanisch schrieb sie sich ein, und dabei fiel ihr Blick auf die davorstehende Eintragung:

«Lord Peter Wimsey und Diener – London – Suite 24.»

Für die Dauer einer Sekunde schien Mrs. Ruyslaenders Herz stillzustehen. Konnte es denn möglich sein, daß Gott ihr selbst jetzt noch ein Schlupfloch gelassen hatte? Sie erwartete nicht viel von IHM. Ihr ganzes Leben hatte IHN als einen unnachsichtigen Gläubiger ausgewiesen. Es wäre Phantasterei, auch nur die allerkleinste Hoffnung auf die Unterschrift eines Mannes zu setzen, den sie ihr Lebtag noch nie gesehen hatte.

Und doch wollte ihr der Name nicht mehr aus dem Kopf, als sie in ihrem Zimmer zu Abend aß. Wenig später entließ sie ihr Dienstmädchen, dann saß sie noch lange vor dem Spiegel und betrachtete ihr verhärmtes Gesicht. Zweimal stand sie auf und ging zur Tür – beide Male kehrte sie wieder um und schalt sich eine Närrin. Beim drittenmal drehte sie entschlossen den Knauf und eilte den Korridor entlang, ohne sich erst Zeit zum Nachdenken zu lassen.

Ein großer goldener Pfeil an der Ecke zeigte ihr den Weg zu Suite 24. Es war schon elf Uhr, und weit und breit war niemand zu sehen. Mrs. Ruyslaender klopfte einmal kurz und energisch an Lord Peter Wimseys Tür, dann trat sie einen Schritt zurück und wartete, während sich in ihr jenes Gefühl verzweifelter Erleichterung breitmachte, das man hat, nachdem man einen gefährlichen Brief auf den Boden des Briefkastens hat plumpsen hören. Was auch kommen mochte, es gab jetzt kein Zurück mehr.

Der Diener war einer von der unerschütterlichen Sorte. Er gab sich weder einladend noch abweisend, sondern stand nur respektvoll auf der Schwelle.

«Lord Peter Wimsey?» flüsterte Mrs. Ruyslaender.

«Ja, Madam.»

«Könnte ich ihn einen Augenblick sprechen?»

«Seine Lordschaft hat sich soeben zurückgezogen, Madam. Wenn Sie kurz eintreten möchten, werde ich nachfragen.»

Mrs. Ruyslaender folgte ihm in einen jener feudalen Salons, die das Magnifical für den wohlhabenden Pilger bereithält.

«Möchten Sie bitte Platz nehmen, Madam?»

Der Diener ging lautlos zur Schlafzimmertür, trat ein und machte sie hinter sich zu. Das Schloß schnappte jedoch nicht richtig ein, und Mrs. Ruyslaender konnte die Unterredung mit anhören.

«Verzeihung, Mylord, eine Dame ist da. Da sie nichts von einer Verabredung erwähnt hat, hielt ich es für besser, Eure Lordschaft zuerst in Kenntnis zu setzen.»

«Ausgezeichnete Diskretion», antwortete eine Stimme. Sie hatte einen lässigen, sarkastischen Tonfall, der Mrs. Ruyslaender eine schamhafte Röte in die Wangen trieb. «Ich treffe nie Verabredungen. Kenne ich die Dame?»

«Nein, Mylord. Aber – ähäm – ich kenne sie vom Sehen. Es ist Mrs. Ruyslaender.»

«Oh, die Frau des Diamantenhändlers. Na ja, versuchen Sie taktvoll herauszubekommen, worum es geht, und wenn es nichts Dringendes ist, sagen Sie ihr, sie soll morgen wiederkommen.»

Die nächste Bemerkung des Dieners war nicht zu hören, doch die Antwort darauf lautete:

«Nicht unanständig werden, Bunter!»

Der Diener kam zurück.

«Seine Lordschaft bittet mich, Sie zu fragen, Madam, in welcher Weise er Ihnen zu Diensten sein kann.»

«Sagen Sie ihm bitte, daß ich im Zusammenhang mit den Attenbury-Diamanten von ihm gehört habe und nun sehr gern einen Rat von ihm hätte.»

«Gewiß, Madam. Darf ich, da Seine Lordschaft sehr müde ist, anmerken, daß er Ihnen sicher besser helfen kann, wenn er erst ausgeschlafen hat?»

«Wenn morgen noch Zeit wäre, hätte ich nicht im Traum daran gedacht, ihn heute abend zu stören. Ich weiß, welche Ungelegenheiten ich ihm bereite –»

«Entschuldigen Sie mich einen Augenblick, Madam.»

Diesmal ging die Tür richtig zu. Nach kurzer Pause kam Bunter zurück, um zu melden: «Seine Lordschaft wird gleich bei Ihnen sein, Madam.» Damit stellte er eine Karaffe Wein und ein Kästchen mit schwarzen russischen Zigaretten vor sie hin.

Mrs. Ruyslaender zündete sich eine Zigarette an, aber kaum hatte sie ihr Aroma gekostet, da hörte sie einen leisen Schritt hinter sich. Sie sah sich um und erblickte einen jungen Mann in einem prächtigen malvenfarbenen Morgenmantel, unter dessen Saum die Hosenbeine eines primelgelben Seidenpyjamas züchtig hervorlugten.

«Sie müssen es sehr eigenartig von mir finden, daß ich mich Ihnen um diese Zeit noch aufdränge», sagte sie mit nervösem Lachen.

Peter legte den Kopf schief.

«Darauf weiß ich jetzt nicht die richtige Antwort», sagte er. «Wenn ich sage: ‹Keineswegs›, klingt es liederlich. Sage ich aber:

‹Ja, und wie›, ist es ungezogen. Ich schlage vor, wir übergehen das, ja? Und dann sagen Sie mir, was ich für Sie tun kann.»

Mrs. Ruyslaender zögerte. Lord Peter war anders, als sie ihn sich vorgestellt hatte. Sie sah das glänzende, strohfarbene, über einer etwas fliehenden Stirn glatt zurückgekämmte Haar, die unschöne, dünne gebogene Nase und das etwas einfältige Lächeln, und ihr sank der Mut.

«Ich – fürchte, es ist albern von mir, zu glauben, daß Sie mir helfen können», begann sie.

«Ach ja, mein unseliges Äußeres, wie immer», stöhnte Lord Peter, der damit einen so erschreckenden Scharfblick verriet, daß sie sich nun erst doppelt unbehaglich fühlte. «Meinen Sie, es würde mehr Vertrauen erwecken, wenn ich mir die Haare schwarz färben und mir einen Kinnbart wachsen ließe? Sie können sich gar nicht vorstellen, wie mißlich es ist, immer so auszusehen, als ob man Algy hieße.»

«Ich wollte damit nur sagen», beeilte sich Mrs. Ruyslaender, «daß ich nicht weiß, ob mir überhaupt jemand helfen kann. Aber ich habe Ihren Namen unten im Meldebuch gelesen, und da dachte ich, es könnte vielleicht eine kleine Chance bestehen.»

Lord Peter füllte die Gläser und setzte sich.

«Nur zu», sagte er munter. «Es klingt schon interessant.»

Mrs. Ruyslaender faßte sich ein Herz.

«Mein Mann», erklärte sie, «ist Henry Ruyslaender, der Diamantenhändler. Wir sind vor zehn Jahren aus Kimberley gekommen und haben uns in England niedergelassen. Er ist jedes Jahr ein paar Monate geschäftlich in Afrika, und ich erwarte ihn morgen früh mit der *Zambesi* zurück. Und nun ist mein Kummer folgender: Voriges Jahr hat er mir ein prächtiges Diamantkollier mit hundertfünfzehn Steinen geschenkt –»

«Das Licht Afrikas – ich weiß», sagte Wimsey.

Sie sah ihn leicht erstaunt an, bejahte aber. «Das Kollier wurde mir gestohlen, und ich kann nicht hoffen, den Verlust vor ihm zu verheimlichen. Eine Imitation würde ihn keine Sekunde täuschen.»

Sie stockte, und Lord Peter half behutsam nach:

«Ich nehme an, daß Sie zu mir gekommen sind, weil es kein Fall für die Polizei werden soll. Wollen Sie mir ganz offen sagen, warum?»

«Die Polizei würde nichts nützen. Ich weiß, wer es hat.»

«So?»

«Es gibt da einen Mann, den wir beide oberflächlich kennen – einen gewissen Paul Melville.»

Lord Peters Augen verengten sich. «Hm, ja, ich glaube ihn schon einmal in einem der Clubs gesehen zu haben. Reserveheer, hat sich dann aber ins Berufsheer übernehmen lassen. Dunkelhaarig, Angebertyp – ein bißchen wie eine Ampelopsis, wie?»

«Ampelopsis?»

«Eine Zierpflanze – Doldenrebe –, die sich an anderen hochrankt. Sie kennen das ja – erstes Jahr: zarte kleine Triebe – zweites Jahr: wunderbare Pracht – drittes Jahr: überwuchert alles. Nun sagen Sie schon, daß ich ungezogen bin.»

Mrs. Ruyslaender kicherte. «Jetzt wo Sie es sagen, ja – er ist *genau* wie eine Ampelopsis. Es erleichtert schon ganz schön, ihn so zu sehen... Nun, er ist jedenfalls ein entfernter Verwandter meines Mannes. Eines Abends kam er zu Besuch, als ich allein war. Wir unterhielten uns über Juwelen, und ich holte meinen Schmuckkasten und zeigte ihm das Licht Afrikas. Er versteht eine Menge davon. Zwei- oder dreimal bin ich aus dem Zimmer gegangen, habe aber nicht daran gedacht, die Schatulle abzuschließen. Nachdem er gegangen war, wollte ich dann alles wieder wegräumen, und als ich den Schmuckkasten öffnete, in dem sich die Diamanten befanden – da waren sie fort!»

«Hm – ganz schön unverfroren. Nun passen Sie mal auf, Mrs. Ruyslaender – Sie stimmen mir zu, daß er eine Ampelopsis ist, aber Sie wollen die Polizei nicht rufen. Nun sagen Sie einmal ehrlich – und verzeihen Sie mir, aber Sie wollen ja einen Rat von mir hören –, ist er es eigentlich wert, daß Sie sich seinetwegen Gedanken machen?»

«Das ist es ja nicht», antwortete die Frau in gedämpftem Ton. «O nein! Aber er hat noch etwas anderes mitgenommen. Er hat – ein Porträt mitgenommen – eine kleine, in Diamanten gefaßte Miniatur.»

«Oh!»

«Ja. Sie befand sich in einem Geheimfach des Schmuckkästchens. Ich habe keine Ahnung, woher er wußte, daß es dort war, aber die Schatulle war ein altes Stück aus der Familie meines Mannes, und ich nehme an, daß er über das Geheimfach Bescheid wußte und – nun ja, daß er es für lohnenswert hielt, einmal darin nachzusehen. Jedenfalls verschwand am selben Abend wie die Diamanten auch das Porträt, und er weiß, daß ich es nicht wagen würde, mir das Kollier zurückholen zu wollen, weil dann beides zusammen gefunden würde.»

«War das denn mehr als nur ein Porträt? Ein Porträt an sich läßt sich ja noch halbwegs plausibel erklären. Sagen wir, es wurde Ihnen zur Aufbewahrung anvertraut?»

«Die Namen standen darauf und – und eine Inschrift, die mit nichts, mit *gar* nichts wegzuerklären ist. Ein – Zitat aus Petronius.»

«Ach du lieber Gott!» entfuhr es Lord Peter. «O ja, das ist ein ziemlich munterer Autor.»

«Ich habe sehr jung geheiratet», erklärte Mrs. Ruyslaender, «und mein Mann und ich kamen nie besonders gut miteinander aus. Und in einem Jahr, als er gerade wieder in Afrika war, ist das dann alles passiert. Wir waren wunderbar glücklich – und ungeniert.

Dann ging es zu Ende. Ich war verbittert. Ich wünschte, ich wäre es nicht gewesen. Aber sehen Sie, er hatte mich verlassen, und ich konnte es ihm nicht verzeihen. Tag und Nacht habe ich um Rache gebetet. Aber jetzt – ich will nicht, daß sie durch mich geschieht.»

«Einen Augenblick», sagte Wimsey. «Sie meinen also, wenn die Diamanten gefunden werden und das Porträt auch, dann kommt diese Geschichte unweigerlich ans Licht?»

«Mein Mann würde sich scheiden lassen. Er würde mir nie verzeihen – und ihm auch nicht. Das heißt nicht, daß es mir etwas ausmachen würde, selbst den Preis zu zahlen, aber –»

Sie krampfte die Hände zusammen.

«Wieder und wieder habe ich ihn verflucht, ihn und diese raffinierte Frau, die ihn sich gekapert hat. Sie hat ihre Karten ja so gut ausgespielt! Diese Geschichte würde nun beide ruinieren.»

«Aber wenn *Sie* das Instrument der Rache wären», sagte Wimsey freundlich, «würden Sie sich dafür verachten. Und es wäre Ihnen schrecklich, weil er Sie dafür verachten würde. Eine Frau wie Sie könnte sich nicht so tief erniedrigen, um ihre Rache zu bekommen. Das verstehe ich. Wenn Gott einen Blitz niederfahren ließe – wie furchtbar und befriedigend zugleich! Wenn es mit Ihrem Zutun einen großen Krach gäbe – wie widerlich wäre das.»

«Sie scheinen ja zu verstehen», sagte Mrs. Ruyslaender. «Wie ungewöhnlich.»

«Oh, ich verstehe vollkommen. Trotzdem will ich Ihnen sagen», fuhr Wimsey mit einem verlegenen kleinen Zucken um die Mundwinkel fort, «daß es für eine Frau einfach töricht ist, in solchen Dingen ein Ehrgefühl zu haben. Es bereitet ihr nur unerträglichen Schmerz, und ohnehin erwartet es niemand von ihr. Aber nun wollen wir uns da nicht hineinsteigen. Sie wollen sich Ihre Rache jedenfalls nicht von einer Ampelopsis aufzwingen lassen. Warum auch? Widerlicher Kerl. Wir packen ihn mit Wurzeln, Zweigen und Trieben. Machen Sie sich keine Sorgen. Mal überlegen. Ich habe hier nur einen Tag zu tun. Dann muß ich Melville kennenlernen – sagen wir eine Woche. Dann muß ich an die Sächelchen herankommen – sagen wir noch einmal eine Woche, vorausgesetzt, er hat sie noch nicht verkauft, was aber nicht sehr wahrscheinlich ist. Können Sie Ihren Gatten noch etwa zwei Wochen hinhalten, was meinen Sie?»

«O ja. Ich werde sagen, sie seien im Landhaus oder würden gerade gereinigt oder irgendwas. Aber glauben Sie wirklich, Sie könnten –?»

«Ich werde mir jedenfalls Mühe geben, Mrs. Ruyslaender. Sitzt der Bursche so in der Klemme, daß er Diamanten stehlen muß?»

«Ich glaube, er hat kürzlich Schulden beim Pferderennen gemacht. Und vielleicht beim Poker.»

«Oho! Ist er Pokerspieler? Das gibt mir einen ausgezeichneten Vorwand, ihn kennenzulernen. Also, Kopf hoch – wir kriegen die Sachen, und wenn wir sie kaufen müssen. Das werden wir aber nicht tun, wenn sich's vermeiden läßt. Bunter!»

«Mylord?» Der Diener erschien aus dem hinteren Zimmer.

«Sehen Sie mal nach, ob die Luft rein ist, und geben Sie Signal, ja?»

Mr. Bunter begab sich auftragsgemäß auf den Flur hinaus, und nachdem er einen alten Herrn wohlbehalten im Bad verschwinden und eine junge Dame im rosa Kimono, die den Kopf aus einer der benachbarten Türen gesteckt hatte, diesen bei seinem Anblick schleunigst wieder hatte zurückziehen sehen, putzte er sich mit einem schmetternden Trompetenton die Nase.

«Gute Nacht», sagte Mrs. Ruyslaender, «und vielen Dank.» Damit schlüpfte sie ungesehen wieder in ihr Zimmer zurück.

«Was hat Sie nur bewogen, mein Bester», fragte Oberst Marchbanks, «sich mit diesem ausgesprochen widerlichen Melville abzugeben?»

«Karo», sagte Lord Peter. «Finden Sie ihn wirklich so schlimm?»

«Ein furchtbarer Kerl», sagte der Ehrenwerte Freddy Arbuthnot. «Herz. Wozu mußtest du ihm hier auch noch ein Zimmer besorgen? Dieser Club war immer ein hochanständiger Treff.»

«Zwei Treff?» fragte Sir Impey Biggs, der sich gerade einen Whisky bestellt und nur das letzte Wort mitbekommen hatte.

«Nein, nein, ein Herz.»

«Entschuldigung. Na, Partner, wie steht's mit Pik? Ausgezeichnete Farbe.»

«Passe», sagte der Oberst. «Ich weiß nicht, was heutzutage aus der Armee geworden ist.»

«Sans Atout», sagte Wimsey. «Schon recht, Kinderchen, verlaßt euch auf Onkel Peter. Komm schon, Freddy, wie viele Herz willst du denn bieten?»

«Gar keine mehr, nachdem mich der Oberst so im Stich gelassen hat», sagte der Ehrenwerte Freddy.

«Angsthase. So, alle zufrieden? Dann los! Ihre Karten auf den Tisch, Partner. Oh, sehr hübsch. Dann machen wir diesmal einen Schlemm. Freut mich eigentlich, Ihre Meinung zu hören, Oberst, denn ich möchte, daß gerade Sie und Biggy heute abend noch hierbleiben und mit Melville und mir ein Spielchen machen.»

«Und was wird aus mir?» erkundigte sich der Ehrenwerte Freddy.

«Du hast eine Verabredung und gehst früh nach Hause, alter Freund. Ich habe Kamerad Melville eigens eingeladen, damit er den gefürchteten Oberst Marchbanks und unsern größten Strafjuristen kennenlernt. Aus welchem Blatt soll ich das eigentlich spielen? Ach so, ja. Nun los schon, Oberst – irgendwann müssen Sie ja mal mit diesem König herausrücken, warum also nicht gleich?»

«Ein Komplott», sagte Mr. Arbuthnot mit übertrieben geheimnisvoller Miene. «Nur zu, Leute, nehmt keine Rücksicht auf mich.»

«Ich nehme sicher an, daß Sie einen besonderen Grund haben, diesen Kerl zu hofieren», meinte Sir Impey.

«Der Rest gehört dann wohl mir. Hm, ja, den habe ich. Sie und der Oberst täten mir wirklich einen großen Gefallen, wenn Sie Melville heute abend mitmischen ließen.»

«Wenn Sie es wünschen», knurrte der Oberst. «Aber hoffentlich versucht der junge Naseweis kein Kapital aus der Bekanntschaft zu schlagen.»

«Dafür werde ich schon sorgen», sagte Seine Lordschaft. «Deine Karten, Freddy. Wer hatte das Herz-As? Ach so, ich selbst. Wir spielen aus... Hallo! Guten Abend, Melville.»

Die Ampelopsis war ein auf seine Art recht gutaussehender Mann – groß und braungebrannt, mit blitzenden weißen Zähnen. Er begrüßte Wimsey und Arbuthnot herzlich, den Oberst ein wenig zu vertraulich, und zeigte sich hocherfreut, Sir Impey Biggs kennenzulernen.

«Sie kommen gerade recht, um Freddys Blatt zu übernehmen», sagte Wimsey. «Er muß nämlich fort. Aber ich warne Sie, er kriegt immer furchtbar schlechte Karten.»

«Na ja», meinte Freddy und erhob sich gehorsam. «Ich spiele dann wohl besser Mücke und schwirre ab. Gute Nacht allerseits.»

Melville nahm seinen Platz ein, und das Spiel ging noch zwei Stunden mit wechselndem Glück weiter, bis Oberst Marchbanks, der unter den redseligen Spieltheorien seines Partners sehr zu leiden hatte›, sichtlich die Lust verlor.

Wimsey gähnte.

«Wird's ein bißchen langweilig, Oberst? Ich wollte, die erfänden mal was, um dieses Spiel kurzweiliger zu gestalten.»

«Ach, Bridge ist sowieso nur was für Kinder», meinte Melville. «Wollen wir nicht mal eine kleine Runde pokern, Oberst? Das macht Sie garantiert wieder munter. Was halten Sie davon, Biggs?»

Sir Impey, daran gewöhnt, einem Zeugen ins Herz zu sehen, warf Wimsey einen nachdenklichen Blick zu, dann antwortete er:

«Einverstanden, wenn die andern es auch sind.»

«Prima Idee», sagte Lord Peter. «Kommen Sie, Oberst, seien Sie kein Spielverderber. Die Chips liegen da in der Schublade, glaube ich. Beim Pokern verliere ich zwar immer, aber was tut's, solange es Spaß macht? Besorgen wir uns ein frisches Blatt.»

«Wird der Einsatz begrenzt?»

«Was meinen *Sie*, Oberst?»

Der Oberst schlug zwanzig Shilling vor. Melville erhöhte mit einer Grimasse auf ein Zehntel des Gesamteinsatzes. Die Erhöhung wurde akzeptiert. Die Karten wurden gemischt, und der Oberst gab aus.

Entgegen seiner Vorhersage gewann Wimsey am Anfang ganz beträchtlich und wurde darüber so albern und redselig, daß sogar der erfahrene Melville sich zu fragen begann, ob diese unbeschreibliche Einfältigkeit der Mantel der Dummheit oder die Maske des abgebrühten Pokerspielers war. Bald sah er sich jedoch beruhigt. Das Glück wechselte auf seine Seite, und er gewann mit der linken Hand stetig kleinere Summen von Sir Impey und Oberst Marchbanks, die vorsichtig spielten und keine großen Risiken eingingen

– und beträchtliche Summen von Wimsey, der leichtsinnig und ein wenig angetrunken wirkte und lachhaft hohe Beträge auf die unmöglichsten Karten setzte.

«Ich habe noch nie so einen Glückspilz gesehen wie Sie, Melville», sagte Sir Impey, als der junge Mann gerade wieder den Gewinn von einem hübschen Straigthflush einstrich.

«Heute ich, morgen Sie», meinte Melville, indem er die Karten Biggs zuschob, der mit Geben an der Reihe war.

Oberst Marchbanks verlangte eine neue Karte. Wimsey lachte dümmlich und ließ sich gleich fünf neue geben; Biggs verlangte drei, und Melville nahm, nachdem er eine Weile überlegt hatte, eine.

Diesmal sah es so aus, als ob jeder etwas Brauchbares in der Hand hätte, obwohl man sich bei Wimsey nicht darauf verlassen konnte, denn er ging schon mit einem Zweierpasch bis an die Höchstgrenze, um, wie er sagte, «den Pott am Kochen zu halten». Er wurde jetzt regelrecht störrisch und warf, trotz Melvilles zur Schau getragener Zuversicht, mit hochrotem Kopf seine Chips in den Pott.

Der Oberst stieg aus, und kurz darauf folgte Biggs seinem Beispiel. Melville ging mit, bis der Pott nahezu hundert Pfund enthielt, dann wurde Wimsey plötzlich unruhig und verlangte die Karten zu sehen.

«Vier Könige», sagte Melville.

«Hol Sie der Kuckuck», sagte Wimsey, indem er vier Damen hinlegte. «Der Kerl ist heute abend nicht zu bremsen, wie? Hier, Melville, nehmen Sie die verflixten Karten und geben Sie andern Leuten auch mal eine Chance, ja?»

Mit diesen Worten mischte er die Karten und gab sie weiter. Melville teilte aus, bediente seine drei Mitspieler und wollte sich gerade selbst drei neue Karten geben, als Wimsey mit einem plötzlichen Ausruf seine Hand über den Tisch schießen ließ.

«Hallo, Melville!» sagte er mit eisiger Stimme, die mit seiner sonstigen Sprechweise nichts mehr gemein hatte. «Was soll das bitte heißen?»

Er hob Melvilles linken Arm über dem Tisch hoch und schüttelte ihn einmal kräftig. Aus dem Ärmel flatterte etwas auf den Tisch und glitt von dort weiter auf den Fußboden. Oberst Marchbanks hob es auf und legte mit unheilkündendem Schweigen einen Joker auf den Tisch.

«Großer Gott!» sagte Sir Impey.

«Sie grüner Schurke!» stieß der Oberst hervor, als er seiner Stimme wieder mächtig war.

«Zum Teufel, was soll das heißen?» keuchte Melville mit kreidebleichem Gesicht. «Was fällt Ihnen ein! Das ist eine Finte – eine Falle –» Eine furchtbare Wut packte ihn. «Sie unterstehen sich zu behaupten, daß ich ein Betrüger sei? Sie Lügner! Sie gemeiner Falschspieler! Sie haben mir die Karte dahin gesteckt. Ich sage Ihnen, meine Herren», rief er, indem er sich verzweifelt in der Runde umsah, «er muß sie mir dahin gesteckt haben.»

«Na, na», sagte Oberst Marchbanks, «es hat keinen Sinn, sich hier so aufzuführen, Melville. Überhaupt keinen Sinn. Macht alles nur noch schlimmer. Wir haben es nämlich alle gesehen. Mein Gott, ich weiß nicht, was aus der Armee geworden ist.»

«Heißt das, Sie glauben ihm?» schrie Melville mit schriller Stimme. «Um Himmels willen, Wimsey, soll das ein Witz sein oder was? Biggs – Sie haben doch einen Kopf auf den Schultern – glauben Sie etwa diesem halbbetrunkenen Irren und diesem Tattergreis, der längst ins Grab gehört?»

«Diese Ausdrucksweise bringt Ihnen nichts ein, Melville», sagte Sir Impey. «Ich fürchte, wir haben es alle deutlich genug gesehen.»

«Ich hatte nämlich schon die ganze Zeit so einen Verdacht», sagte Wimsey. «Darum habe ich Sie beide gebeten, heute abend noch hierzubleiben. Wir wollen kein großes öffentliches Aufsehen machen, aber –»

«Meine Herren», sagte Melville jetzt sachlicher, «ich schwöre Ihnen, daß ich an dieser gräßlichen Geschichte vollkommen unschuldig bin. Können Sie mir das nicht glauben?»

«Ich kann immer noch glauben, was ich mit eigenen Augen sehe, Sir», entgegnete der Oberst aufgebracht.

«Im Interesse des Clubs», sagte Wimsey, «konnte das so nicht weitergehen, aber ebenfalls im Interesse des Clubs finde ich, wir sollten die Sache lieber in aller Stille aus der Welt schaffen. Angesichts dessen, was Sir Impey und der Oberst bezeugen können, Melville, glaube ich nicht, daß Ihnen irgend jemand Ihre Gegendarstellung abnehmen wird.»

Melville sah von dem alten Offizier zu dem großen Strafjuristen.

«Ich weiß nicht, was für ein Spiel Sie treiben», sagte er mürrisch zu Wimsey, «aber ich sehe, daß die Falle, die Sie mir da gestellt haben, zugeschnappt ist.»

«Ich glaube, meine Herren», sagte Wimsey, «daß ich die Angelegenheit ohne Aufsehen zu aller Zufriedenheit aus der Welt schaffen kann, wenn ich mit Melville kurz in seinem Zimmer unter vier Augen sprechen darf.»

«Er muß seinen Abschied einreichen», grollte der Oberst.

«Ich werde mit ihm in diesem Sinne reden», sagte Wimsey. «Können wir für ein paar Minuten in Ihr Zimmer gehen, Melville?»

Mit düsterer Stirn ging der junge Soldat voran. Sowie er mit Wimsey allein war, fuhr er ihn wütend an.

«Was haben Sie im Sinn? Was wollen Sie mit dieser ungeheuerlichen Anschuldigung erreichen? Ich werde Sie wegen Verleumdung verklagen!»

«Tun Sie das nur», antwortete Wimsey kühl, «wenn Sie meinen, daß irgend jemand Ihnen glauben wird.»

Er zündete sich eine Zigarette an und musterte gelassen den erzürnten jungen Mann.

«Sagen Sie mir jedenfalls, was das zu bedeuten hat!»

«Das hat ganz einfach zu bedeuten», entgegnete Wimsey, «daß Sie, ein Offizier und Mitglied dieses Clubs, beim Kartenspiel um Geld auf frischer Tat beim Betrügen ertappt worden sind, und Sir Impey Biggs, Oberst Marchbanks und ich können das bezeugen. Nun schlage ich Ihnen, Hauptmann Melville, als die beste Lösung vor, daß Sie mir Mrs. Ruyslaenders Kollier und das Porträt anvertrauen und sich unauffällig aus dieser Hallen strahlendem Glanz entfernen – und kein Hahn kräht mehr danach.»

Melville sprang auf.

«Mein Gott!» rief er. «Jetzt verstehe ich. Das ist Erpressung!»

«Sie dürfen es sicherlich Erpressung nennen, und Diebstahl dazu», meinte Lord Peter achselzuckend. «Aber wozu diese häßlichen Wörter? Sie sehen doch, daß ich fünf Asse in der Hand habe. Also legen Sie besser Ihre Karten weg.»

«Und wenn ich sage, daß ich von den Diamanten noch nie gehört habe?»

«Dazu ist es wohl jetzt ein bißchen spät, wie?» versetzte Wimsey liebenswürdig. «Aber in diesem Falle müßten wir, so schrecklich leid es mir täte, die Sache von heute abend doch noch an die große Glocke hängen.»

«Zum Henker mit Ihnen», knurrte Melville, «Sie feixender Satan.»

Er entblößte seine sämtlichen weißen Zähne und duckte sich wie zum Sprung. Wimsey wartete gelassen, die Hände in den Taschen.

Der Angriff blieb aus. Mit einer wütenden Gebärde zog Melville seine Schlüssel heraus und schloß sein Toilettenköfferchen auf.

«Da, nehmen Sie», grollte er, indem er ein kleines Päckchen auf den Tisch warf. «Sie haben mich in der Hand. Nehmen Sie und scheren Sie sich damit zum Teufel.»

«Letzten Endes ja – warum nicht gleich?» murmelte Seine Lordschaft. «Heißen Dank. Bin nämlich ein friedliebender Mensch – kann Unannehmlichkeiten und dergleichen nicht leiden.» Er betrachtete eingehend seine Beute und ließ die Steine fachmännisch durch die Finger gleiten. Beim Anblick des Porträts spitzte er die Lippen. «O ja», flüsterte er, «das *hätte* Krach gegeben.» Er wickelte alles wieder ein und steckte das Päckchen in die Tasche.

«Also, dann gute Nacht, Melville – und vielen Dank für das schöne Spielchen.»

«Hören Sie mal, Biggs», sagte Wimsey, als er ins Kartenzimmer zurückkam, «Sie haben doch viel Erfahrung. Was für Maßnahmen halten Sie im Umgang mit einem Erpresser für gerechtfertigt?»

«Ha!» machte der Kronanwalt. «Da haben Sie den Finger genau auf den wunden Punkt dieser Gesellschaft gelegt, wo die Gesetze machtlos sind. Als Mensch kann ich nur sagen, es gibt nichts, was so ein Unhold nicht verdient. Dieses Verbrechen ist grausamer und in seinen Folgen unendlich schlimmer noch als Mord. Als Jurist sage ich, daß ich es bisher immer konsequent abgelehnt habe, einen Erpresser zu verteidigen oder gegen irgendeinen armen Teufel, der seinen Peiniger aus dem Weg geräumt hat, die Anklage zu vertreten.»

«Hm», antwortete Wimsey. «Und was sagen Sie, Oberst?»

«Ein solcher Mensch ist Ungeziefer», erklärte der kleine Krieger mannhaft. «Erschießen ist zu gut für ihn. Ich habe mal einen Mann gekannt – war sogar ein guter persönlicher Freund von mir – zu Tode gehetzt – hat sich eine Kugel in den Kopf gejagt. Rede nicht gern darüber.»

«Ich möchte Ihnen etwas zeigen», sagte Wimsey.

Er sammelte die Spielkarten ein, die noch auf dem Tisch lagen, und legte sie zusammen.

«Nehmen Sie mal, Oberst, und legen Sie den Packen verdeckt auf den Tisch. Recht so. Jetzt heben Sie als erstes bei der zwanzigsten Karte ab – Sie werden sehen, daß die Karo-Sieben zuunterst liegt. Stimmt's? Jetzt rufe ich sie alle nacheinander auf: Herz-Zehn, Pik-As, Treff-Drei, Treff-Fünf, Karo-König, -Neun, -Bube, Herz-Zwei. Stimmt's? Ich könnte sie Ihnen alle der Reihe nach nennen, bis auf das Herz-As, denn das ist hier.»

Er beugte sich vor und fischte die Karte geschickt aus Sir Impeys Brusttasche.

«Das habe ich von einem Mann gelernt, der bei Ypern mit mir im Unterstand lag», sagte er. «Sie beide brauchen über die Geschichte von heute abend niemandem etwas zu erzählen. Es gibt Verbrechen, an die das Gesetz nicht herankommt.»

DOROTHY L. SAYERS
Eine Auswahl

Das Bild im Spiegel
und andere überraschende Geschichten
Deutsch von Otto Bayer
236 Seiten. Gebunden und rororo 5783

Diskrete Zeugen
Kriminalroman. Deutsch von Otto Bayer
Nachwort von Walther Killy
328 Seiten. Gebunden und rororo 4783

Figaros Eingebung
und andere vertrackte Geschichten
Deutsch von Otto Bayer
Nachwort von Walther Killy
386 Seiten. Gebunden und rororo 5840

Keines natürlichen Todes
Kriminalroman. Deutsch von Otto Bayer
Nachwort von Walther Killy
314 Seiten. Gebunden und rororo 4703

Der Mann mit den Kupferfingern
und andere Lord Peter-Geschichten
Deutsch von Otto Bayer
370 Seiten. Gebunden und rororo 5647

Mord braucht Reklame
Kriminalroman. Deutsch von Otto Bayer
Nachwort von Walther Killy
444 Seiten. Gebunden und rororo 4895

Starkes Gift
Kriminalroman. Deutsch von Otto Bayer
Nachwort von Walther Killy
296 Seiten. Gebunden und rororo 4962

50 JAHRE ROWOHLT ROTATIONS ROMANE

50 Taschenbücher im Jubiläumsformat
Einmalige Ausgabe

Paul Auster, *Szenen aus «Smoke»*
Simone de Beauvoir, *Aus Gesprächen mit Jean-Paul Sartre*
Wolfgang Borchert, *Liebe blaue graue Nacht*
Richard Brautigan, *Wir lernen uns kennen*
Harold Brodkey, *Der verschwenderische Träumer*
Albert Camus, *Licht und Schatten*
Truman Capote, *Landkarten in Prosa*
John Cheever, *O Jugend, o Schönheit*
Roald Dahl, *Der Weltmeister*
Karlheinz Deschner, *Bissige Aphorismen*
Colin Dexter, *Phantasie und Wirklichkeit*
Joan Didion, *Wo die Küsse niemals enden*
Hannah Green, *Kinder der Freude*
Václav Havel, *Von welcher Zukunft ich träume*
Stephen Hawking, *Ist alles vorherbestimmt?*
Elke Heidenreich, *Dein Max*
Ernest Hemingway, *Indianerlager*
James Herriot, *Sieben Katzengeschichten*
Rolf Hochhuth, *Resignation oder Die Geschichte einer Ehe*
Klugmann/Mathews, *Kleinkrieg*
D. H. Lawrence, *Die blauen Mokassins*
Kathy Lette, *Der Desperado-Komplex*
Klaus Mann, *Der Vater lacht*
Dacia Maraini, *Ehetagebuch*
Armistead Maupin, *So fing alles an ...*
Henry Miller, *Der Engel ist mein Wasserzeichen*

50 JAHRE ROWOHLT ROTATIONS ROMANE

Nancy Mitford, *Böse Gedanken einer englischen Lady*
Toni Morrison, *Vom Schatten schwärmen*
Milena Moser, *Mörderische Erzählungen*
Herta Müller, *Drückender Tango*
Robert Musil, *Die Amsel*
Vladimir Nabokov, *Eine russische Schönheit*
Dorothy Parker, *Dämmerung vor dem Feuerwerk*
Rosamunde Pilcher, *Liebe im Spiel*
Gero von Randow, *Der hundertste Affe*
Ruth Rendell, *Wölfchen*
Philip Roth, *Grün hinter den Ohren*
Peter Rühmkorf, *Gedichte*
Oliver Sacks, *Der letzte Hippie*
Jean-Paul Sartre, *Intimität*
Dorothy L. Sayers, *Eine trinkfeste Frage des guten Geschmacks*
Isaac B. Singer, *Die kleinen Schuhmacher*
Maj Sjöwall/Per Wahlöö, *Lang, lang ist's her*
Tilman Spengler, *Chinesische Reisebilder*
James Thurber, *Über das Familienleben der Hunde*
Kurt Tucholsky, *So verschieden ist es im menschlichen Leben*
John Updike, *Dein Liebhaber hat eben angerufen*
Alice Walker, *Blicke vom Tigerrücken*
Janwillem van de Wetering, *Leider war es Mord*
P. G. Wodehouse, *Geschichten von Jeeves und Wooster*

Programmänderungen vorbehalten